消え失せた射殺犯、密室から落ちてきた死體、警察監視下で起きた二重殺人。

密室の謎を華麗に解く名探偵登場。これぞ本格ミステリ!

# 密室蒐集家

OYAMA SEIICHIRO



大山誠一郎

A NOVEL

邱香凝 譯

目次

獻給父親——

# 柳園

一九三七年

# 1

漆黑的夜晚，寺町通上杳無人跡。

左右張望後，鮎田千鶴穿過寫著「柳園高等女學校」的校門。手錶的指針顯示現在時間是晚上六點五十分。這個時間校園正門上了鎖，只有旁邊的小門開著。

穿過校門，眼前這棟優雅的兩層樓建築，是融合了西式與日式風格的校舍。這種建築樣式又稱為木造文藝復興，校舍正面玄關的門緊閉，除了右側值夜室和左側工友室的窗戶亮著燈光，其他地方全是一片黑。兩扇窗都拉上窗簾，不用擔心裡面的人會看見自己。

面對正面玄關右轉，運動操場隨即映入眼簾。白天，少女們沐浴在十月上旬透亮陽光下開心打鬧的這座操場，如今於黑夜籠罩下不見半個人影。左邊是另外修築的雨天體操場，現在像個蹲踞的巨人般聳立在那裡。

千鶴忽然害怕起來，感覺到自己手臂起了雞皮疙瘩，也開始後悔這衝動的行為。趕快完成目的回家吧。千鶴加快腳步。從校舍轉角處左轉，左手邊教室的窗戶也全都是暗的，千鶴跑了起來。過了校舍，進入校園後庭，這裡種植著一整排柳樹。白天看上去是那麼恬適閑散的風光，現在卻像隨時可能冒出幽靈。

左斜前方那棵樹，就是千鶴的目的地。隱約看得見樹下長方形的物體。

找到了，千鶴加快腳步跑上前去。

《Y的悲劇》，作者巴納比．羅斯❶。這本書是跟圖書館借的，得好好愛惜才行。

今天午休，千鶴坐在柳樹下讀這本書。雖然愛讀吉屋信子❷的同學們看了總皺眉頭，千鶴卻非常喜歡偵探小說。沉迷地看著書中退休的莎劇演員，同時也是名偵探多魯里．雷恩大顯身手，在微風吹拂下，舒服地靠著樹幹睡著了。在告知午休結束的鐘聲之中醒來時，環顧四周已空無一人。揉著惺忪睡眼，趕緊衝回教室上課。下課後又去參加排球社的社團活動，傍晚五點多回家，進了自己房間，脫下水手服，換上銘仙和服，打算繼續讀《Y的悲劇》時，才發現書不見了。連自己把書忘在哪都想不起來，翻尋了半天記憶，總算想起午休睡著時，把書放在柳樹下就忘了拿的事。明天一

❶ 艾勒里．昆恩的另一個筆名。
❷ 日本大正、昭和時期的日本小說家。

早就去那裡找書吧。原本這麼打算，但又擔心萬一到時書不見了怎麼辦。就算書沒有不見，也可能被夜露沾濕受損。跟圖書館借來的書得好好愛惜，要是變成那樣就糟了……這麼一想，千鶴再也坐立難安，連晚飯都沒好好吃，餐具也隨便洗洗，換上外出服丟下一句「我出去散散步」，奔出位於下鴨的家門。

《Y的悲劇》既沒有沾濕也沒有受損。千鶴鬆了一口氣，把書放進手提包。轉身正想回家時，碰巧看見音樂教室窗戶窗簾縫隙間漏出的燈光。

若從上空俯瞰柳園高等女學校的校舍，形狀就像一個巨大「E」字，安放在縱貫南北的寺町通東側。相當於E字左邊直線的部分稱為「本棟」，正門玄關、校職員室、校長室、會客室、餐廳、值夜室、工友室和電話室都在這裡。E字右邊的三條橫線由北到南分別稱為「北棟」、「中棟」、「南棟」。音樂教室在中棟的最東邊。千鶴現在所在的後庭柳樹就種在校舍東側，離音樂教室很近。

是音樂老師在練習彈琴嗎？受到好奇心的驅使，千鶴忘了害怕，走向音樂教室。所有窗戶都拉著窗簾，只有最南邊的一扇窗，沒拉緊的窗簾露出一絲縫隙，可以湊上一隻眼睛窺看室內。於是千鶴湊上右眼，悄悄窺視室內的狀況。

狹隘的視野之中，看見一個身穿深藍色西裝，年約三十五歲的高瘦男人，正在彈鋼琴。

那是音樂教師之一的君塚慎吾老師。包括千鶴在內，很多學生都不太喜歡他。不管怎麼說，他就是很神經質，對正確的堅持可說到了偏執的地步，只要學生沒有符合他所規定的正確標準，就會沉著一張臉嘮嘮叨叨。演奏樂器時也一樣，無視情感的表達，只一味要求正確的音準。儘管擁有足以舉行演奏會的琴藝，老實說，他並不適合當老師。

穿著西裝彈琴，大概是因為演奏會快到了，想先穿習慣吧。學校的音樂教室最近剛施工，做了徹底的隔音工程，即使千鶴人就站在窗外，也只聽得到微弱的鋼琴聲。他彈的似乎是海頓的鋼琴奏鳴曲。

因為音樂教室位於走廊盡頭，和其他教室不一樣，只有靠西側這邊有門。進門後就是講台，旁邊放著一架平台式鋼琴。教室東側是一字排開的桌椅，桌椅後方，最靠東邊的窗旁放有鐵琴、木琴及太鼓等樂器。不過，現在千鶴看得見的，只有平台鋼琴和講台附近的景象。

君塚老師突然停下彈琴的手，從椅子上站起來。千鶴嚇了一跳，還以為自己被發現了，不過似乎不是這麼回事。只見老師走向千鶴視野左端，受到窗簾的遮擋，一時之間看不到他。往那個方向出了教室門就是走廊，或許有誰來敲門，老師是過去開門的吧。

君塚老師再次從窗簾左端出現，千鶴看到他的左臉，正對著窗簾左邊的方向說話。

事情就發生在下一瞬間。

隱約聽見某種爆裂聲，接著，君塚老師身體一陣搖晃，用手按壓大腿蹲下。千鶴心跳幾乎要停止，耳邊再度傳來爆裂聲。這次，老師的身體反彈似的往後方倒下。

君塚老師被來訪者槍擊了。那兩次爆裂聲就是槍響，千鶴終於理解了這點。可是，窗簾縫隙間看見的景象缺乏真實感，彷彿只是電影的一幕場景。

說不定是在演戲呢？不、每次槍聲響起，老師的身體都劇烈搖晃，那反彈出去的模樣怎麼看都不像演技。顯然並非出於本身意願，而是身體在承受外力時做出的動作。

老師腳對著門口仰躺在地，動也不動，看起來是真的被槍擊了。千鶴全身爬滿雞皮疙瘩。

下意識瞄了一眼手錶，七點十分。得快點去通知值夜的老師才行。想朝值夜室飛奔，雙腿卻抖得跑不快。

音樂教室位於中棟最東邊，值夜室則在本棟與中棟交叉點的正門玄關南側，只要穿越中棟的走廊，從音樂教室到值夜室的距離並不遠。然而，現在這時間，校舍所有門窗都上了鎖，無法進入。千鶴只能回頭沿著來時路，往校舍南邊繞一大圈才到得了值夜室。

等千鶴終於抵達值夜室窗外，已經七點十二分了。她氣喘吁吁，拚命敲打值夜室的窗玻璃。

不一會兒，窗戶從裡面打開，傳出怒罵的聲音：「喂！是誰在亂敲窗戶！」教英語的橋爪泰夫老師從窗口探出上半身，今晚值夜的人似乎就是他。年約二十五歲左右，年輕又活潑的個性，加上臉長得頗為俊俏，是一位很受學生歡迎的老師。他身上穿著深藍色的西裝。

「——咦？妳不是四年二班的鮎田嗎？為什麼這時間還在學校。剛才敲窗戶的人是妳嗎？」

「是。」

「為什麼要做這種事……」

說到這裡，似乎察覺千鶴臉色不對——

「怎麼了？臉色這麼鐵青？」

「剛才，我看到君塚老師在音樂教室被人槍擊了。」

「——妳說什麼？」

千鶴把看到的景象說出來，橋爪老師表情因驚愕而扭曲。

「好，我去看看。」

說著，老師縮回上半身，千鶴急忙說：

「啊、老師，請等一下，我也要一起去。」

「笨蛋，那是有人遭槍擊的地方，妳怎麼還要再去，待在這裡！」

「可是，我一個人待在這裡，說不定也會被兇手襲擊啊。」

「——好吧。那妳抓住我的手，從窗戶進來。」

千鶴先從窗口將手提包放進值夜室，再讓橋爪老師把自己拉進去。要是母親看到這一幕，一定會嚇得昏倒吧。

橋爪老師打開值夜室的門，按下走廊燈光的開關。天花板上的電燈微微照亮木板走廊。這個白天裡少女們來來往往的空間，現在安靜得鴉雀無聲。

千鶴追上快步向前走的英文老師。經過左手邊的正門玄關後往右轉，遠遠看見走廊盡頭音樂教室的門。門關著，兇手或許已經逃跑了。

靠近一看，這才察覺音樂教室前的走廊上，有一扇窗戶破了。窗鎖旁的玻璃開著一個直徑十五公分左右的洞。

「老師，這是……」

「兇手應該就是從這裡侵入校舍的吧。用切割玻璃的工具在窗玻璃上割出一個洞，再從這裡伸手進來打開窗戶的鎖。」

兩人站在音樂教室門口，千鶴不假思索地望向手錶。七點十四分。橋爪老師握住門把想把門打開，門卻打不開。從裡面上了鎖。

「——好像鎖住了。」

橋爪老師表情凝重地說。

「鎖住了……這表示兇手還在裡面嗎？」

「——應該就是這麼回事。」

千鶴一陣驚恐。還以為兇手已經逃走，沒想到竟然還在。總覺得似乎聽見躲在門後的兇手呼吸的聲音。

「像我剛才那樣，從校舍外面透過窗簾縫隙窺看裡面的狀況吧？說不定會看見兇手。」

「就這麼辦。」橋爪老師說著，從大大敞開的走廊窗戶跨出去。千鶴也跟在他後面。

橋爪老師從窗簾縫隙間窺看音樂教室，側臉露出嚴肅的表情，大概是看見仰躺在地的君塚老師了吧。他伸手去推窗戶，沒有一扇打得開。這邊也都上了鎖。

「……從這裡看不到兇手。可能躲在死角。」

「是啊。」

「雖然也可以打破玻璃開窗，又怕這樣躲在暗處的兇手會襲擊我們。還是去工友室拿教室門的鑰匙好了。請工友也一起來，多個人助陣比較安心。」

說著，橋爪老師再次從窗戶跨回走廊，再從窗口拉著千鶴的手，把她也拉進校舍。

工友室位於本棟最北邊。橋爪老師和千鶴先穿過中棟走廊，再穿過本棟走廊，衝進工友室。

工友堂島源治正盤腿坐在榻榻米上看戲本子，一見到兩人便睜圓了眼睛。

「橋爪老師，怎麼了嗎，臉色這麼難看……怎麼還有學生？」

堂島年約五十多歲，皮膚曬得黝黑。他在這間學校當了將近三十年的工友，乍看長相兇狠，其實待人親和，很受學生們喜愛。

聽了發生的事情，堂島臉色沉了下來。

「好，我也跟著一起去。」

工友室牆上掛著各教室的鑰匙，還附上寫著教室名稱的牌子。堂島從牆上取下鑰匙，三人返回音樂教室。

堂島將鑰匙插入門上的鎖孔一轉，門鎖立刻發出喀嚓聲。橋爪老師握住門把，慢慢將朝外開的門拉開。離教室門兩公尺左右的地方，音樂老師腳對門口、仰躺在地。這時千鶴忽然覺得哪裡怪怪的，但又說不上是什麼。

西裝胸前口袋和右腿長褲各開了一個小洞，應該是槍擊的傷口。長褲右大腿部分被血染紅，看得千鶴雙腳劇烈打顫。

橋爪老師和堂島一邊左右張望，一邊小心翼翼地踏入音樂教室。橋爪老師走到君塚老師身旁蹲下，試探他的脈搏。英文老師重新探了好幾次脈搏，最後搖搖頭說：

「——死了。」

儘管已有預感，聽他這麼一說，千鶴還是全身虛脫。

「進去找兇手吧。」

橋爪老師對堂島這麼說，工友一臉緊張地點頭。

「鮎田，妳離門口遠一點，否則萬一兇手衝出來就危險了。」

「是、好的。」

千鶴往後退，看著橋爪老師和堂島慢慢走在課桌椅之間，擔心兇手隨時有可能衝出來，不安到了極點。

然而，什麼事都沒有發生，兩人又走出教室。

「——裡面沒有人。」

橋爪老師的表情就像遇上狐仙的惡作劇。

「——欸？」

「音樂教室裡沒有半個人啊。課桌下毫無遮蔽，要是躲在那裡一眼就會被看見，又沒有其他能躲人的櫃子類。」

「難道兇手從窗戶逃出去了嗎？」

「這也不可能。我和堂島先生一扇一扇確認過，窗戶全部從內側上了扭轉式的窗栓啊。」

橋爪老師望向堂島。

「不好意思，能麻煩您打電話報警嗎？打完電話之後，請在工友室陪伴這位同學，我負責在這裡監視到警察來為止。」

堂島點頭說「知道了」，便帶著千鶴走向本棟的電話室。拿起話筒，打電話報警。報完警，堂島又帶著千鶴回到工友室。

約莫二十分鐘後，聽見好幾輛汽車停在外面寺町通上的聲音，應該是警察來了。很快地，走廊上傳來幾個人的腳步聲，工友室的門打開，進來的是將脫下的西裝外套掛在手腕上的橋爪老師。一位四十多歲的男性從他後面探頭。

「噯、千鶴，妳嚇到了吧？」

「——舅舅！」

他是千鶴母親的弟弟圭介。這位圭介舅舅，在京都府警察部刑事課擔任警部。

「這起案子由我負責偵辦，多多指教嘍。」

一看到舅舅的臉，強忍的眼淚奪眶而出。

# 2

「我對妳真的太失望了。怎能像個小偷一樣半夜偷偷摸摸潛入學校呢，不知羞恥！」

「——非常抱歉。」

「就是因為做出這種事，妳才會目擊殺人場景，要是兇手知道妳目擊的事，連妳都殺了怎麼辦！」

「——非常抱歉。」

「別的都不說，良家女子晚上七點還在外行走成何體統！要是有不良少年上前搭訕怎麼辦！」

「——非常抱歉。」

「更何況，妳還對父母說謊了吧？要知道，對父母說謊外出的行為，是女學生墮落的第一步！」

「——非常抱歉。」

「再說，妳來學校為的是取回偵探小說是吧？那種以殺人為主題的煽情小說太下流，根本不是本校學生該看的書！」

隔天早上九點多的校長室內，千鶴直挺挺地站在校長牧野善造面前挨罵，頻頻低頭道歉。身後的沙發上坐著板著一張臉的父親，以及用手帕按壓眼角的母親。

「——非常抱歉。」

牧野校長年約六十出頭，是個身材微胖的男人。頭髮用髮油往後梳，戴著玳瑁鏡框的眼鏡。右腳行動不便，總拄著梣木拐杖。

今天早上，千鶴和被約談的父母一起到校。從事貿易生意的父親今天請假沒上班。從下鴨的家走到寺町通上的學校，這一路上母親都歇斯底里地怒罵千鶴，父親則只用低沉的聲音說了句「不准再為了外出說謊」，之後就一直沉默無語。雖然沒有動手打千鶴，但他完全不說話，連看也不看千鶴一眼。比起母親滔滔不絕的抱怨，平日寵愛自己的父親如此沉默，更讓千鶴感到害怕。到學校後，很快就被帶到校長室，開始接受校長的斥責。

「也請家長好好罵她一頓。」

牧野校長望向父親與母親。

「是啊，我會好好教訓她的，給學校添了這麼大麻煩，真的非常抱歉。」

母親小心翼翼地回應，父親則從旁插口：

「校長先生，她確實該罵，我們也會嚴厲指導。只是，關於昨晚的事，唯有一點我想嘉許小女。」

「——嘉許？」

牧野校長露出震驚又錯愕的表情。

「她是因為擔心跟圖書館借的書受夜露沾濕損傷，出於強烈的責任感，才會來學校取書。對父母說謊外出與夜晚潛入校園當然不可原諒，但是，唯有這份強烈的責任感，或許值得好好嘉許一番。」

「孩子的爸，說什麼嘉許……」

母親露出困惑的表情。不過，父親的話令千鶴高興得差點跳起來。

「責任感確實很強沒錯啦……」

牧野校長這麼回答，一臉的不甘願。

「話雖如此，也不能因為這樣，就合理化她這次的作為。」

「這是當然。」

「總之，兩位似乎已經嚴厲斥責過，鮎田同學也深深反省了，這件事就到此為止吧。學校今日臨時停課，鮎田同學也可以跟父母一起回家了。」

終於獲得解脫，千鶴與父母一起對校長深深鞠躬後，走出校長室。

# 3

吃過晚餐，圭介舅舅來到千鶴家。昨晚，千鶴已經將自己目睹的景象告訴舅舅了，但他說還想再聽一次。

「兇手還沒抓到嗎？」

千鶴母親站在玄關迎接，一看到舅舅就這麼問。

「很遺憾還沒，我們正加快腳步偵辦中。」

「不快抓到兇手可不行啊，要是千鶴目擊犯罪現場的事被兇手知道了，說不定會來殺她滅口。為了不讓這種事情發生，你一定要盡快逮捕兇手。」

「這我當然知道，所以等臨時停課結束之後，我也打算派一名刑警護衛千鶴上下學。」

「還沒出嫁的閨女身邊跟著護衛的刑警，傳出去會打壞她的名聲呀。你一定要拚命搜查，最好在事情演變成那樣之前逮到兇手。」

「不用妳說我也會這麼做啦。」

母親的氣勢似乎連舅舅都難以招架。從客廳走出來的父親說：

「現在最重要的，是配合警方搜查，盡早抓到兇手。對千鶴來說，這樣才是最安全的做法。圭介，到客廳跟千鶴談好嗎？」

舅舅像是鬆了一口氣，對父親低頭說「非常感謝」。

端著放了茶壺和茶杯的托盤換到客廳，舅舅對千鶴說：「這次的事，辛苦妳了。」

「不、我不要緊的。既然是舅舅指揮搜查，一定很快就會破案。」

「我們千鶴嘴真是愈來愈甜嘍。」

舅舅笑著說。

「我想再確認一次千鶴看到的景象。首先，妳發現音樂教室的燈亮著，勾起妳的好奇心，所以從窗簾間窺看裡面，對嗎？然後，妳看到君塚老師在彈鋼琴。不知道是不是有人敲門，老師突然停止彈琴，走去開門。接著，兇手進入教室，這時，妳沒看到兇手的身影嗎？」

「對，因為我是從窗簾縫隙間窺看的，看不到靠教室門那邊的情形。」

「連手、腳或部分身體都沒看到嗎？」

「這些都沒看到。」

千鶴感到懊悔。要是那時有看到兇手，現在一定早就破案了。

「妳說君塚老師和兇手交談了些什麼，當時老師的態度如何？」

「就很普通的講話。」

「沒有叫喊或露出害怕的樣子嗎？」

「對。」

「這樣的話，兇手應該是君塚老師認識的人。如果對方是闖入學校的小偷，君塚老師不可能用普通的態度和他對話。隨後，君塚老師就中了兩槍。根據法醫的說法，右邊大腿和左胸各中了一槍。右邊大腿這一槍，子彈從斜上方往下射入，左胸這槍則幾乎以直角射入心臟，導致君塚老師當場死亡。」

千鶴腦中浮現仰倒在地上的君塚老師身影。當時的恐懼再度襲來，令她微微顫抖。

「之後，千鶴馬上看了手錶，是七點十分。然後，妳前往值夜室通知橋爪老師，兩人再度回到音樂教室時是七點十四分。令人不解的是，這時教室的門已經上了鎖。換句話說，在千鶴前往值夜室到返回的這四分鐘內，兇手把門鎖上了。問題是，怎麼鎖的？」

千鶴也一直想不通這一點。

「音樂教室的窗戶和門都從裡面上了鎖。窗戶是往外推的形式，在窗框重合的部位以扭轉式窗栓上鎖。至於音樂教室的門，從裡面只要轉動門把上的旋鈕即可上鎖，從走廊上則要以鑰匙上鎖。因為窗戶上的是扭轉式窗栓，無法從外面上鎖。這麼說來，兇手就是從走廊上鎖門的了。」

「包括音樂教室在內，所有教室的鑰匙都放在工友室保管。兇手是暗中從工友室偷走鑰匙鎖門的嗎？」

「通常都會先這麼想吧。可是，君塚老師死亡的時間，工友一直待在工友室，第三者無法拿到鑰匙。根據工友的說法，音樂教室的鑰匙甚至連校長都沒有。校長手上只有校舍正面玄關及校長室的鑰匙。不只如此，這個學校的所有鑰匙形狀都很複雜，要再打一把非常不容易，聽說校長為此還很自豪呢。」

「這麼說來，兇手沒有偷走鑰匙——這不就表示兇手是工友自己了嗎？」

「照理說是這樣沒錯。但是，如果兇手是工友，他為什麼要把音樂教室的門鎖起來呢？這豈不等於宣告自己就是兇手？再說，君塚老師死亡的時間，工友有不在場證明，關於這點之後再詳述。總之，兇手不可能是工友。換句話說，保管在工友室裡的鑰匙沒有被用來鎖門。

另一個可能性，是君塚老師遭槍擊後，自己從教室裡轉動門把上的旋鈕，把門鎖住。然而，這也是不可能的事。老師中了兩槍，第二槍射入心臟，使他當場死亡。怎麼想都不可能從門內上鎖。

第三個可能，是兇手從室內上鎖後，躲在音樂教室的某處。當千鶴你們開門發現屍體後，兇手趁機逃出。」

「可是，門打開之後，橋爪老師和工友先生檢查了教室裡，沒有發現半個人啊。音樂教室的桌椅底下完全沒有遮蔽，一眼就能看出有沒有人，兇手無法躲在桌椅下，音樂教室裡又沒有其他能容人躲藏的櫥櫃。教室的門是往外推的形式，即使想躲在門後方，等橋爪老師和工友先生進去後再偷偷逃離也辦不到。再說，當時我就站在走廊上，如果兇手從門口逃出來，我不可能沒發現。」

「這麼說來，兇手躲在音樂教室某處的可能性也消失了。現在，我們就是苦於無法解決這個問題。」

這不就是偵探小說裡常出現的「密室殺人」嗎。明知不該這麼輕率，千鶴還是忍不住興奮起來，腦中浮現卡斯頓．勒胡《黃色房間的祕密》、范．達因《金絲雀殺人事件》和《狗園殺人事件》，還有約翰．狄克森．卡爾的《三口棺材》等，以「密室殺人」為題材的作品。不知道這些作品裡的詭計，是否能應用在這次的案件上？

「簡直就像千鶴最喜歡的偵探小說裡會出現的『密室殺人』情節呢。」

舅舅像會讀心似的，說出了千鶴內心的想法，使她心頭一驚。

「──舅舅，您也知道我喜歡看偵探小說啊？」

「妳媽媽老是跟我抱怨啊，說明明是正值青春期的女孩子，怎麼老愛從圖書館借那些書名嚇人的書，很傷腦筋呢。」

千鶴臉紅了。

「──書名或許嚇人，內容都很理性呀。尤其是艾勒里．昆恩那些冠上國家名稱的系列，還有巴納比．羅斯的《Y的悲劇》，更是……」

舅舅擺出饒富興味的表情看著千鶴：

「妳不要這麼激動嘛，我認為這時代的女孩子不需要受『女孩子家就該有女孩子家的樣子』這種話束縛，儘管做自己想做的事就對了。其實，我之所以想再來跟千鶴談一談，就是想聽聽身為偵探小說書迷的千鶴意見。」

被現任警官這麼說，千鶴高興得全身發抖。她斥責自己，這樣對過世的君塚老師太過意不去了。

「偵探小說中曾出現不使用鑰匙也能從屋外上鎖的機關。舉例來說，在屋內的門把上綁條線，讓線穿過門扉與門檻之間的縫隙，往走廊這側一拉，就能將門鎖上了。」

「這個方法無法應用在這次的案件上，因為音樂教室製作了隔音設備，門扉與門檻之間完全沒有縫隙。門檻處設置了高於地面的門檻石，關起門時門扉正好與門檻石密合。換句話說，沒辦法把線從門縫底下拉出來。再者，這扇門的上鎖方式，從室內是轉動門把上的旋鈕，從走廊這側則是插入鑰匙轉動門把上鎖，鑰匙洞並未貫穿門扉，就算想從鑰匙洞裡把線拉出來也辦不到。」

「不然，會不會是這樣呢？即使當晚工友先生一直在工友室內，無法從那裡偷走音樂教室的鑰匙，說不定兇手更早就事先調包了鑰匙，用調包來的鑰匙鎖門。」

「要是鑰匙事前被人調包，工友來開音樂教室門時就會發現了吧。在那之前，兇手也沒機會把鑰匙放回去啊。」

「嗯，說的也是……或者，這雖然是偵探小說中的禁忌手法，假設音樂教室裡有祕密通道呢？最近音樂教室不是才為了隔音施工嗎？說不定那時做了一條祕密通道。」

「警方也聽說了隔音工程的事，妳想到的我們都想過了，早已調查過施工業者，可惜，對於這個假設，最後只能一笑置之。」

「這樣啊……」

千鶴大為沮喪。這個密室之謎真是棘手。

「對了，剛才舅舅您說，君塚老師死亡時工友先生有不在場證明，是什麼樣的不在場證明呢？」

「從七點整到七點九分，橋爪老師來工友室要茶喝，順便跟他聊了一下天。君塚老師被槍擊後，千鶴立刻看了手錶，那時不是七點十分嗎？直到七點九分還在工友室的人，要在剩下一分鐘的時間內趕到音樂教室，對君塚老師開兩槍又立刻離開，這怎麼想都不可能。這麼一來，工友先生的不在場證明自然成立，同樣的，這也成了橋爪老師的不在場證明。雖然也有兩人共謀製造偽證的可能性，如果是這樣的話，照理不會把音樂教室的門鎖上。因為要用到鑰匙，工友先生一定第一個會被懷疑，作證和他在一起的橋爪老師也有嫌疑了。如此一想，就知道兩人不會是共犯。」

聽到這裡，千鶴鬆了一口氣。因為她對穩重和藹的堂島以及個性活潑又關心學生的橋爪老師都很有好感。

「既然兩人不是兇手，就表示兇手是從外面入侵校園的吧。走廊上有一扇窗開著，兇手是否就從那裡闖進來的呢？」

「是啊，兇手用玻璃切割器在窗玻璃上開洞，再伸手進去轉開窗栓，把窗戶打開。割下的玻璃直接掉在地上了。」

「音樂教室的門把和兇手闖入的窗栓上，有沒有留下疑似兇手的指紋？」

「竟然懂得這麼專業的術語，千鶴妳對偵探小說還真不是普通的喜歡呢。」

「指紋這種程度的知識，現在沒有人不知道了啦。」

「關於門把，靠走廊這側的門把、室內的門把及旋鈕都被擦乾淨過，只有靠走廊這邊的門把上留有橋爪老師的指紋。這指紋是千鶴和他前去打開音樂教室的門時，橋爪老師握住門把留下的吧。內側的門把被人擦拭過，和兇手入侵那扇窗上的窗栓一樣，都沒有遺留指紋。」

「找到當作兇器的手槍了嗎？」

「不、還沒。音樂教室和周圍都找過了，沒有發現。應該是兇手帶走了吧。」

「知道是哪種手槍嗎？」

「從殘留的子彈看來，屬於點三八口徑手槍。沒有留下彈殼，看來不是自動手槍，應為轉輪手槍。目前知道的大概只有這些——對了，除了手槍，兇手還帶走另一樣東西。」

「是什麼呢？」

「被害者的手錶。」

「——手錶？」

「君塚老師的屍體上，有個令人想不通的特徵。那就是他沒戴手錶。君塚老師皮膚曬得很黑，只有左手腕上一圈白，可見原本肯定戴了手錶。但是，現在那手錶卻不見了，唯一的可能就是被兇手帶走。」

「君塚老師彈鋼琴的時候，會把手錶拿下來放在鋼琴上喔。應該是因為彈琴的時候，手錶可能敲到鍵盤，左右兩隻手的平衡感不同也會影響彈奏吧。你有找過鋼琴上面嗎？」

「鋼琴上面？什麼都沒有。整個音樂教室我都找過了，記得很清楚。不只沒有手錶，鋼琴上面什麼都沒有。一定是兇手射殺君塚老師後，搶走手錶逃離了。此外，從對方知道老師有把手錶放在鋼琴上的習慣看來，也證明兇手是君塚老師的熟人。」

「兇手為什麼要帶走手錶啊？」

千鶴心想，簡直就像艾勒里．昆恩的偵探小說。在昆恩的小說裡，兇手不是帶走被害者的禮帽，就是帶走被害者的衣服。兇手為什麼要這麼做，成了小說中最大的謎團。這次的兇手帶走被害者的手錶，神祕程度不下於昆恩的小說情節。如果是昆恩，或許會為作品取個《日本手錶之謎》的名稱。

「警方的看法是，那支手錶或許相當昂貴。比方說，可能是舶來品，或是鑲嵌了寶石類的東西。又或者，曾經屬於某個地位崇高的人，來歷非凡等等。如果兇手是個手錶蒐藏家，說不定會想擁有這樣的東西。」

「以前上課時，我見過君塚老師的手錶，那只是非常普通的東西喔。日本製的手錶，沒鑲嵌寶石，看上去也沒老舊到擁有什麼值得一提的來歷。」

「唔嗯，這樣啊……那麼，會不會是被害者拿某件事勒索兇手，用來勒索的證據就藏在錶蓋內側？」

「手錶的錶蓋內側能藏得了什麼東西？頂多只能放進一張薄薄的小紙片。」

「有種東西叫微縮膠片，聽說只要將拍下的文件照片縮小複製在這種膠片上，一個小小的膠片就能保存大量文件。美國及英國的圖書館就使用了這種膠片，或許被害者也將恐嚇勒索的證據複製保存在這種膠片上了？如果是微縮膠片，就能剪下來藏在錶蓋內側。」

「要把文件縮小複製在微縮膠片上，需要動用很厲害的機器吧？一個普通的音樂老師去哪找來這種東西？」

「說的也是。」

這時，千鶴腦中忽然靈光一閃。

「——對了，兇手會不會是使用手錶製造了密室？」

「怎麼說？」

「剛才我不是推理過，在室內門把的旋鈕上綁一條線，再把線穿過門扉與門檻中間的縫隙，拉到走廊這邊，最後用力拉線，轉動旋鈕鎖門。雖然因為門扉與門檻中間毫無縫隙，這個推理已經被推翻了，如果室內有東西能拉線，不需要把線穿過門扉與門檻中間的縫隙，也能達到一樣的目的不是嗎？兇手或許是把手錶用來當作拉線的工具了。」

「用手錶？怎麼用？」

「先敲破錶面的玻璃，把線綁在秒針上。再把手錶固定在室內某個地方，透過秒針的轉動，一邊捲線一邊轉動門把上的旋鈕，就能把門鎖上……」

舅舅苦笑著說：

「再怎樣也不可能吧，秒針哪有這麼大的力量。」

這時，玄關傳來敲門聲，接著是母親去應門的腳步聲。一陣對話後，母親進入客廳。

「圭介，有個人說要來找你，什麼密室蒐集家的，看上去很紳士，是警方的人？」

「——密室蒐集家？」

舅舅臉上浮現驚訝的表情。

「——我知道了，在你們家擅自說這種話很抱歉，不過妳能帶他過來嗎？」

「舅舅，我先離席好了？」

千鶴站起來。

「不、千鶴留下來比較好。我想，密室蒐集家應該也想聽聽千鶴的證詞。」

「那個……密室蒐集家是誰啊？」

「據說在發生所謂『密室殺人事件』時，會出現一位不知從何處現身，總能解決事件的神祕人物。」

千鶴暗自激動，那不就是出現在偵探小說裡的名偵探嗎。

「——原來現實中真有這樣的人。」

「舅舅以前一直以為這只是警方內部流傳的玩笑話，沒想到似乎真有其人。話說回來，他怎麼會知道我在這裡，我要來的事沒告訴任何人啊……」

在母親的帶領下，一個三十歲左右，身材高瘦的男人踩著滑一般的腳步走進客廳，像貓一樣沒發出半點聲音。一看到對方，千鶴不由得倒抽一口氣，這位「密室蒐集家」有著高挺的鼻梁、細長清澈的鳳眼，俊俏得彷彿電影明星。

「是京都府警察部刑事課的村木圭介警部，以及您的外甥女鮎田千鶴小姐吧？本次非常感謝兩位答應我無理的要求。」

說著，他深深低下頭，整個人給人一種不食人間煙火的感覺。

「不、我才該感謝您。這次的事件令警方束手無策，能聽聽您的意見真是太好了。請坐吧，雖然這裡也不是我家就是了。」

「那我就不客氣了。」

密室蒐集家靜靜坐上沙發，見母親端茶來就微笑道謝，拿起茶杯。明明只是隨處可見的茶杯，拿在他手上卻像頗有背景來歷的逸品。

「那麼，該從哪裡開始說好呢？」

「村木警部請告訴我目前的搜查情報，千鶴小姐則要麻煩妳將昨晚看見的景象再跟我說一次。」

圭介舅舅和千鶴各自按照他的要求說明，密室蒐集家以穩重的表情聽完後，馬上開口說：

「我已經知道真相了。」

# 4

千鶴錯愕地看著對方。才剛聽完就把謎團解開了嗎？偵探小說裡的名偵探們都有超越常人的推理能力，可是就連他們，也得經過一番苦惱思索才能找出真相。雖然不知道密室蒐集家的能力有多強，但怎麼也想不到他這麼快就找出了真相，速度快得連偵探小說裡的名偵探們也自嘆弗如。這個人，該不會只是個誇大的妄想狂吧？

「——您已經知道真相了？」

圭介舅舅愣愣張嘴望著密室蒐集家，然後苦笑著說：

「這速度還真是快得驚人啊……」

舅舅似乎也不相信對方說的話。

密室蒐集家看似對千鶴與圭介的懷疑毫不介意，兀自說了起來。

「解決事件的關鍵，在於司法解剖的結果與千鶴小姐目擊證詞之間的衝突。」

「——衝突？」

「對。根據司法解剖的結果，君塚老師右大腿與左胸各中了一發子彈。右大腿這發，子彈從斜上方射入，左胸這發，幾乎與身體呈直角射入心臟，造成被害者當場死亡。與此對照，千鶴小姐的證詞則提到君塚老師右大腿遭槍擊後，按壓傷口向前蹲下時，胸部再度中槍，身體向後倒下。」

「我聽不出哪裡有衝突啊？」

「請聽好了，君塚老師是按壓著右大腿蹲下的。以這種姿勢蹲下的話，身體當然會呈現前傾狀態，若這時胸口再遭槍擊，子彈應該會從斜上方射入體內才對，而不是像司法解剖結果顯示的那樣，以直角射入身體。」

千鶴忍不住倒抽一口氣。舅舅臉上也浮現狼狽的神情。

「是啊……沒錯，我怎麼沒注意到……」

「當然，兇手也可能蹲下來，從比君塚老師更低的位置開槍，這麼一來，子彈就會以直角射入身體了。然而，我不認為有人會刻意用這種不穩定的姿勢開槍。第二發子彈也是站著開的槍，這麼想比較合理吧。如此一來，子彈就該從斜上方射入身體才對。可是，實際上子彈射入身體的角度是直角。解剖結果與目擊證詞的衝突，只可能導出一個結論，那就是——以近乎直角射入體內造成的槍傷，不是千鶴小姐目擊當下開的槍。」

「咦，怎麼會……胸部中槍後，君塚老師確實向後倒下了，我不相信那是演技。」

「當然不是，我也沒說那是演技。妳目擊的當下，君塚老師確實被槍擊中了。但是，左胸的傷口卻不是那時造成的。」

「明明被擊中，傷口卻不是那時造成的……？」

千鶴聽得一頭霧水。

「只有一個可能，君塚老師西裝胸前口袋裡裝了某種硬物，替他擋住了子彈。」

「——擋住了子彈？」

「對，之所以向後倒，是因為承受了子彈的衝擊力，但是，當時這一槍並未在君塚老師胸前造成槍傷。他倒下後一動也不動，只是因為心臟受到劇烈衝擊，一時之間昏厥過去罷了。西裝口袋位於左胸，子彈擊中裡面的硬物，衝擊力道則直接傳遞到心臟。」

千鶴腦中閃過君塚老師向後倒下時的身影。原來那時君塚老師還沒死，只是昏厥過去而已嗎？

同時，千鶴也想起橋爪老師和堂島一起打開音樂教室門時的事。那時，君塚老師西裝胸前口袋與右邊大腿上各有一個小洞，染滿鮮血的只有右側大腿。由於西裝下還穿了襯衫，原本以為血都被襯衫吸收，因此才沒染上西裝，原來是因為左胸根本沒受到槍傷啊。

「那麼，是什麼擋住了子彈呢？能放入胸前口袋裡的硬物，頂多只有雪茄盒和懷錶吧。」

「——懷錶？」

舅舅露出恍然大悟的表情。

「我一直以為君塚老師的手錶被兇手帶走，說不定，手錶不是被拿走，而是打從一開始就沒有手錶。君塚老師是把手錶換成了懷錶？」

密室蒐集家微微一笑。

「對，我也這麼認為。你們剛才討論了手錶被兇手拿走的原因，似乎得不出具有說服力的解答。既然如此，與其認定手錶被帶走，打從一開始就沒有手錶的說法還比較合理。

君塚老師左手腕上有一圈沒被曬黑的白色部分，這肯定表示他平常有戴手錶。可是，如果昨天正好沒戴呢？他可能新買了懷錶，又或者是別人送他的。穿上襯衫和西裝外套，袖子把手腕遮住了，無法確認他是不是戴了手錶。」

「兇手為什麼要偷走手錶」，這個問題本身就是錯誤的設問。

「現在我知道自己目擊的當下，君塚老師左胸沒有槍傷的事了。這樣的話，槍傷到底是什麼時候造成的呢？」

「想知道這一點，就要思考君塚老師倒下之後發生了什麼事。從千鶴小姐離開到重返這段時間內，音樂教室的門被人上了鎖。如何上的鎖，原本是個謎團，現在既然知道君塚老師還沒死，這個謎團就能輕易解開了。

千鶴小姐離去後，君塚老師從昏厥中清醒。接著，害怕兇手會再來取他的性命，便用盡力氣站起來，勉強走到門邊，將門上了鎖。可能擔心待在門邊會被子彈擊中，於是又走進教室內，正好來到原本被槍擊的位置時，再度失去了意識，昏厥倒地。因為倒下時腳朝向門邊，和千鶴小姐目擊的姿勢正好相同，千鶴小姐重返現場之後，才沒發現君塚老師曾經一度清醒的事。如果千鶴小姐當時沒有離開，而是繼續從窗簾縫隙窺看的話，肯定能看見他起身鎖門和再度倒地的情形。」

千鶴想起打開音樂教室的門，看到君塚老師腳朝著門倒下的姿態時，自己忽然覺得哪裡怪怪的。這大概是因為，儘管隔著窗戶看見君塚老師倒地的姿勢，和開門之後一樣都是腳對著門，但仍有著微妙的不同吧。千鶴在無意識中察覺了不同，才會覺得哪裡怪怪的。

「音樂教室的門像這樣鎖上後，直到被打開前，君塚老師左胸都不可能出現槍傷。左胸上的槍傷，一定是在第二次開門之後造成的。門開了之後，兇手發現君塚老師沒死，於是補上致命的一擊。

換句話說，在音樂教室的門打開之後，第三槍射中君塚老師左胸，致使他當場死亡。只是這第三槍的傷口，被當成是第二槍造成的，警方才會認定君塚老師在千鶴小姐目擊的當下已經死亡，密室狀況也就此成立。」

「開第三槍的是誰呢？」

舅舅問。

「門打開之後，工友先生和千鶴小姐一起去電話室打電話報警，之後兩人就一直待在工友室。這段時間，橋爪老師單獨留在現場，能對君塚老師開第三槍的，只有這時候的他了。」

「橋爪老師是兇手……」

千鶴差點呼吸不過來。包括千鶴在內，許多學生都對這位年輕開朗的英語教師很有好感。

舅舅提出反駁。

「可是，開最初兩槍的時間，他擁有不在場證明。七點整到工友室要茶喝，之後一直到七點九分都在那裡和工友聊天。在工友室待到七點九分的人，要如何在剩下一分鐘時間裡前往音樂教室，還對君塚老師開兩槍呢？就時間上來說，無論如何都是不可能的事。」

「是的。所以，開前面兩槍的人不是橋爪老師。他只開了第三槍，開前兩槍的兇手另有其人。」

「咦……？」

「橋爪老師七點九分離開工友室後，在返回值夜室途中，正好撞見從音樂教室裡出來的兇手。橋爪老師先質問兇手做了什麼，最後只扣留手槍，放走了對方。由此可知，兇手是橋爪老師想包庇的對象。回到值夜室後，千鶴小姐前來通知發生了殺人事件。明明和兇手幾乎同時從音樂教室或音樂教室附近出發，千鶴小姐抵達值夜室的時間卻遠比兇手被橋爪老師撞見的時間還晚，這當然是因為校舍門窗都上了鎖，千鶴小姐必須繞一大圈遠路的緣故。橋爪老師聽到千鶴小姐目擊了事件，一定很驚嚇吧。」

千鶴腦中浮現當時橋爪老師的表情。聽了千鶴說的話，他之所以露出驚愕的表情，並不是因為聽聞君塚老師遭人槍擊，而是沒想到千鶴目擊了犯罪現場——他擔心的是，萬一自己包庇的犯人被千鶴看見了怎麼辦。

「橋爪老師為了確認現場的狀況，偷偷帶著從兇手那裡扣下的手槍——我猜應該藏在西裝口袋裡——和千鶴小姐一起前往音樂教室。兩人抵達音樂教室時，門已經被君塚老師從內側鎖上了。」

發現音樂教室的門上了鎖，橋爪老師表情僵硬，不是害怕兇手還在裡面，是害怕君塚老師還活著，自己關在教室裡的君塚老師，說不定會把兇手的名字說出來。

「用工友先生帶來的鑰匙開了門，橋爪老師立刻探了君塚老師的脈搏。雖然當下君塚老師倒地不動，但也正如橋爪老師擔心的，他還沒死。然而，橋爪老師謊稱君塚老師已經死亡，也就在這時候，他正式對君塚老師產生了殺機。為了把工友先生的注意力從君塚老師身上引開，橋爪老師提議一起找根本不存在的兇手，兩人確認了音樂教室內的狀況。之後，再以報警為藉口，支開工友先生與千鶴小姐。

君塚老師的西裝胸前口袋明明破了一個洞，為什麼還活著呢？感到疑惑的橋爪老師摸索口袋，發現了裡面的懷錶。

這一瞬間，他腦中浮現一個計畫。

只要對君塚老師的胸口再度開槍，裝成千鶴小姐目擊時留下的槍傷。這麼一來，橋爪老師不但不會有嫌疑，還能給君塚老師致命的一擊。

只是，這麼做有一個問題。那就是子彈貫穿的彈孔。現在西裝胸前口袋表面，有一個被子彈打穿的彈孔。但是，懷錶擋住子彈的緣故，西裝內側沒有彈孔。君塚老師是在穿著西裝的狀態下被槍擊的，如此一來，西裝內側、底下的襯衫和內衣也必須有彈孔才行。可是，要讓子彈穿過西裝表面的彈孔，再貫穿底下的襯衫和內衣，這是難如登天的事。或許可以用槍口抵著西裝表面，對準彈孔開槍，讓子彈先穿過彈孔後，再射穿底下的襯衫與內衣。可是這麼做，槍口迸射的火藥燒焦西裝表層，槍口抵著西裝開槍的事馬上就會曝光。畢竟千鶴小姐目擊的當下，手槍並未抵著君塚老師，警方一定會發現彈孔是後來才製造的。再說，直接抵著胸口開槍，子彈恐怕會貫穿身體，射入地板。這麼一來，槍傷不是千鶴小姐目擊當下造成的事也會露餡。反過來說，要從火藥不會沾上西裝表面的距離開槍，又要子彈準確穿過既有的彈孔，這是絕對不可能的事。這樣只會另外射出一個彈孔，讓人一看就知道是後來才開的槍。」

「先用手帕之類的東西蓋住槍口，再抵上胸口開槍呢？」

舅舅說。

「這麼做雖然能防止火藥沾上西裝，胸前口袋上正確的彈孔位置卻又被手帕遮住看不見，無法將子彈射入原本的彈孔。」

「那橋爪老師到底是怎麼解決這問題的呢？」

「橋爪老師想出的解決辦法，就是和君塚老師交換西裝外套。讓君塚老師穿上他的外套，再開槍射擊胸口。這麼一來，子彈打上的是沒有任何彈孔的西裝外套，子彈必須通過原有彈孔的難題就消失了。西裝外套看起來都很像，只要顏色相同就能換穿。最近有人會在西裝內側襯布上刺繡名字，橋爪老師應該沒這麼做。所以，交換外套一點問題也沒有。」

舅舅望向千鶴。

「千鶴，橋爪老師和君塚老師穿的是一樣的西裝外套嗎？」

千鶴翻尋著記憶。

「……沒錯，他們穿的是一樣的西裝外套，都是深藍色。」

橋爪老師和君塚老師一個年輕活潑，一個陰陽怪氣，給人的印象正好相反，才會忽略兩人穿的西裝很像的事。

「橋爪老師先將仰躺的君塚老師上半身扶起來，脫下西裝外套後，讓他換上自己的外套，再仰躺回去。接著，用手帕蓋住槍口，從正上方隔一段距離，瞄準胸前口袋開槍。子彈穿過原本一個彈孔也沒有的胸前口袋，擊穿一個洞後直擊心臟，君塚老師當場死亡。手帕防止槍口火藥四散，槍口又不是直接抵著身體開槍，不用擔心子彈貫穿身體。

不過這時，橋爪老師犯了一個嚴重錯誤。君塚老師胸口第一次遭槍擊後，以手按壓大腿蹲下，身體呈現前傾的姿勢。在這種姿勢下，第二發子彈應該從斜上方射入胸口才對。然而，橋爪老師從仰躺的君塚老師正上方開槍，致使子彈以近乎直角的角度射入胸口。橋爪老師只從千鶴小姐口中聽到君塚老師大腿與胸部中彈，卻沒問她受槍擊時的姿勢，忽略了子彈射入身體的角度。

交換的西裝外套，也不能再穿上了，否則胸前口袋的彈孔會被人發現。橋爪老師後來應該是把外套掛在手上吧，至於擋住子彈的懷錶，則放入自己的長褲口袋。」

千鶴想起警察趕來後，橋爪老師進入工友室時，確實把西裝外套抱在手上。原來那件是君塚老師的外套。

「橋爪老師大概沒意識到自己的行為製造出了密室。君塚老師還活著，萬一把真兇的名字說出口怎麼辦，必須盡快做個了斷才行——他腦中肯定只有這件事。

順帶一提，教室內側與外側門把上的指紋都被擦掉了，應該是橋爪老師單獨留在教室時擦的。只是，他的目的並非擦掉指紋，而是想把君塚老師從室內鎖門時沾在門把上的血跡擦掉。君塚老師曾用手按壓中槍的右大腿，手上的鮮血一定會沾染門把。看到這些血跡，任誰都會察覺是君塚老師自己鎖的門，隨即發現他中了兩槍之後可能還活著。這麼一來，橋爪老師開門後探了君塚老師的脈搏，並指他已經死亡的謊言就會被戳破。以結果來說，擦拭血跡時，指紋也跟著被擦掉了。

靠走廊這側的門把並未沾上君塚老師的血跡，照理說沒必要擦，可是，如果只擦了內側的門把，外側的門把卻維持原狀，可能會遭人起疑。橋爪老師為了偽裝到底，就連外側的門把也一起擦了。這時，連自己打開音樂教室門時留在外側門把上的指紋也一併擦掉，所以擦拭過後，他再次握住門把，留下自己的指紋。

可惜的是，現今的搜查技術還無法檢測出被擦拭的血跡。將來或許會開發出即使血跡已遭擦拭，只要噴上某種藥劑，就能令曾經染血部位發光的劃時代方法。等到任何搜查必定使用這種方法的時代來臨，像這次這樣的密室狀態，或許就會因為門把上檢驗出血跡，順利釐清君塚老師自行從內側鎖門的事實。」

「要是這種夢想般的技術真的開發了，對我們警方來說絕對會有很大的幫助……」

聽了舅舅的嘟囔，密室蒐集家只是微笑。

「那麼，最初對君塚老師開了兩槍的兇手是誰呢？如我先前所述，兇手在犯案後，離開音樂教室的途中，被正從工友室回值夜室的橋爪老師撞見。可是，奇怪的是兩人怎麼會遇見呢？工友室和值夜室都位於本棟，音樂教室則位於中棟最東邊。換句話說，兇手犯案後，從中棟的最東邊往本棟的方向逃。問題是，兇手侵入校舍時，是先打破音樂教室外走廊的窗戶，從這裡侵入的。那麼，逃離時也只要從這裡出去就好，沒必要從中棟的最東側往本棟逃啊？然而，兇手卻這麼做了，也導致他最後被橋爪老師撞見。這該如何解釋呢？

從中棟最東邊往本棟的途中，會經過兩棟校舍的交叉點——也就是正面玄關。從這個角度思考，兇手之所以從中棟最東邊朝本棟的方向逃，是為了從正面玄關離開。」

「從正面玄關離開？可是，晚間正面玄關的門也上了鎖喔。持有玄關大門鑰匙的，只有校長和工友堂島先生。」

「所以，兇手就在這兩人之中。工友堂島先生那段時間有不在場證明，可見兇手正是校長。校長右腳不良於行，必須拄拐杖對吧。因此，雖然打破走廊窗戶，製造兇手從外部入侵的跡象，實際上他並非從那裡進入校舍，而是拿鑰匙打開正面玄關大門進來的。犯案後，校長打算再偷偷從正面玄關離開，才會朝本棟的方向跑，就在此時，被正好從工友室回值夜室的橋爪老師撞見。橋爪老師問出校長做了什麼，最後決定包庇他。因為，校長遭逮捕是嚴重的醜聞，家長們必定紛紛要求學生退學。這麼一來，和公立學校不同，這間私立學校很快就會面臨倒閉的危機。換句話說，橋爪老師有可能因此失業。為了保住自己的工作，橋爪老師選擇包庇校長，更對君塚老師做出致命的一擊……」

## 5

隔天晚上，圭介舅舅再次來到千鶴家。

警方根據密室蒐集家的推理，偵訊了校長牧野善造與橋爪老師。校長在君塚老師死亡的時間沒有不在場證明，抓著這點追問下去，他就承認罪行了。橋爪老師也在聽到校長認罪後坦承犯案。大概領悟到既然校長已經認罪，自己的行為也沒有意義了吧。

根據供詞，校長從往來的業者手中收取回扣，君塚老師得知這件事後，以此威脅校長。忍受不了一而再、再而三的脅迫，校長決定殺害君塚老師。年輕時曾從軍，參加過日俄戰爭的校長選擇使用手槍，買了一把短槍身、輪轉式的柯特手槍。問題是槍聲。起初，校長計畫將君塚老師叫到人煙罕至的地方，在那種地方就算發出槍聲也沒關係。可是，被叫去那種地方，君塚老師一定會起疑。音樂教室是個不會令君塚老師起疑的地點，但是，就算選無人的深夜犯案，槍聲仍可能傳到工友室或值夜室。於是，校長動用自己的權限，為音樂教室進行徹底的隔音工程，讓槍聲無法傳出。事件當天，從與君塚老師的閒談中，得知他會在音樂教室練習鋼琴到很晚。放學後，校長先假裝離開學校，再悄悄跑回來，用玻璃切割器在音樂教室走廊的窗戶上開了洞，伸手進去扭開窗栓，製造兇手從這裡侵入的假象。當然，右腿行動不便的校長無法翻窗入內，取而代之的是用正面玄關的鑰匙開了大門，偷偷潛入校舍，前往音樂教室。

聽見敲門聲，君塚老師打開門，校長進入教室內，關起門以防槍聲洩漏。對方問「這個時間來有什麼事」，校長一邊回答「有個東西想送你」，一邊從西裝口袋裡掏出偷藏的手槍，朝君塚老師開了兩槍。第一槍因為太慌張射偏了，只擊中對方大腿，第二槍才命中左胸。

看到君塚老師倒地不起，以為他已經死了，校長便走出音樂教室，拖著不良於行的右腳，急忙往正面玄關去。就在半路上，遇見正從工友室回值夜室的橋爪老師。倉促之間，校長拿手槍瞄準了他，卻被年輕力壯的英語老師制伏，取走手槍。死了心的校長坦承自己「殺了君塚老師」，橋爪老師驚訝得當場愣住。這時，有人敲了值夜室的窗戶，把兩人嚇了一跳。敲窗戶的人是千鶴，但這兩人當下當然不知道來者何人。橋爪老師對校長說「我會替你掩飾，請快逃走吧」。說完，自己走進了值夜室。校長一邊聽著橋爪老師大罵「喂！是誰在亂敲窗戶！」一邊從正面玄關逃出去。

說來諷刺，君塚老師放在西裝口袋裡的懷錶，是先前校長為了籠絡他而送的禮物之一。沒想到，也是這個懷錶扭轉了校長的犯罪計畫。

校長和老師被逮捕的事，大大震撼了柳園高等女學校。一如橋爪老師擔心的，家長之中開始有人為女兒辦理退學。千鶴的母親也說「要是被人知道妳讀那種學校，傳出去了不好聽」要千鶴轉學。然而，千鶴堅持拒絕，表明自己要繼續在柳園高等女學校就讀。父親也贊成，千鶴就繼續留下來上學了。千鶴心想，要是自己也加入退學的行列，橋爪老師擔憂的「學校倒閉」就更可能成真了。並不是已經原諒橋爪老師的所作所為，只是不希望學校真的像他害怕的那樣倒閉。對曾經懷有好感的橋爪老師，只能用這樣的方式道別。

「那之後，舅舅還見過密室蒐集家先生嗎？」

千鶴問，舅舅搖頭。

「不，那之後就沒有他的消息了。我原本還想為他正確的推理致謝……」

昨晚，聽了密室蒐集家的推理，舅舅立刻前往京都府警察部報告，千鶴則為了泡新的茶走出客廳。等千鶴端著剛泡好的茶回到客廳時，那裡已經不見密室蒐集家的身影。母親一直待在玄關旁，卻說沒看到誰從玄關離開。若說從後門出去，在廚房燒水的千鶴不可能沒發現。然而，密室蒐集家就像一陣輕煙般地消失了。千鶴試圖解開他消失的謎團，卻怎麼也解不開。不知為何，內心冒出一個念頭——只有他的消失，無法如偵探小說一般獲得明確的解答。

儘管和密室蒐集家只接觸了短暫的時間，他的身影已深深烙印在千鶴腦海中。不管怎麼說，他都是存在於現實之中的名偵探。真希望能再見到那個人，聽聽他的推理。千鶴這麼想。不知會是幾年後，或是幾十年後，能夠再次像那天一樣——

# 男孩與女孩的密室

一九五三年

# 1

第一次見到鬼頭真澄和篠山薰，是在新宿熙來攘往的人群中。

想忘也忘不掉，那是昭和二十八年九月十二日晚上的事。

星期六晚上八點多，新宿車站東口人潮洶湧。有剛下班正要回家的人，有看似工匠的男人，有大學生模樣的年輕人，也有來玩樂的人，各式各樣的人在這裡擦身而過。戰敗至今八年，原本在空襲中燒成焦土的新宿，如今已完全看不到臨時屋的蹤影，原地蓋上了正式建築。日本正確實走在重建的道路上。

「走路不長眼睛啊，混蛋東西！」

突然，耳邊傳來一個男人怒罵的聲音。

柏木英治朝聲音的方向望去，只見一個穿高領學生服的男孩與一個穿水手服的女孩跌坐在地，四個不良少年圍繞在他們身邊。看來，男孩與女孩是不小心撞了不良少年，又被他們推倒在地了吧。不良少年逮著這個好機會，開始找男孩與女孩的麻煩。

周圍的路人都怕和不良少年扯上關係，裝作沒看見的樣子快步走開。

四個不良少年看上去約莫二十出頭，咧著嘴笑得邪惡，低頭看跌坐在地的男孩和女孩。那表情就像找到絕佳的獵物。

男孩把手借給女孩，將她從地上拉起。自己拍掉制服上的泥土，狠狠瞪視不良少年。男孩個子很高，有一張知性的臉。不是高中二年級就是三年級吧。女孩和男孩年齡相仿，身材嬌小，表情溫柔。

不良少年中的一人撿起掉在地上的兩張定期車票。應該是男孩與女孩撞到不良少年時，從口袋掉出來的吧。看似通學車票。

看見定期車票，兩人變了臉色。

「喂，誰是鬼頭真澄？跟鬼頭仙一是什麼關係？」

男孩與女孩都沒有回答。

「要是跟鬼頭仙一有關係，可不能就這樣放你們走了。上個月，那傢伙的手下好好『招待』了我們的夥伴一頓，這邊也得回禮才行。」

男孩瞪著不良少年說：

「我是鬼頭仙一的兒子。」

女孩訝異地望向男孩。不良少年們咧嘴一笑。

「喔？是有聽過鬼頭仙一有小孩，沒想到你就是他的兒子啊。跟我們過來一下。」

「我拒絕。家父是家父，我是我。家父做的事與我無關。」

「你以為講這種話行得通嗎？」

這時，柏木走向他們。看見魁梧的柏木，不良少年們臉上瞬間閃過一絲緊張。不過，又馬上換上從容不迫的表情，大概仗著人多勢眾，自以為有勝算。

「不就是走路相撞而已，何必把事情鬧得這麼大？對方還是高中生，就放過他們吧。」

「這事跟大叔你無關，要是不想受傷就滾一邊去！」

其中一名不良少年這麼嚷嚷，亮出懷裡的小刀。柏木嘆了一口氣。

「你們是不是被秋老虎熱壞頭腦啦？要跟我走一趟新宿署冷靜一下嗎？」

不良少年慌忙收起小刀。

「——你是新宿署的大人嗎？」

「我是荻窪署的，不過新宿署也有很多認識的人，只要我跟他們說一聲，把你們幾個留在看守所一晚慢慢冷靜一下也沒問題。」

不良少年們像撒了鹽的菜菜，瞬間安分下來。

「像你們這樣的傢伙，居然還四個聚在一起，看了真是礙眼，把定期車票交回來，快滾吧。」

柏木努了努下巴，不良少年丟出定期車票，小聲離開了。

「非常感謝您。」

男孩深深低下頭，身旁的女孩也低頭鞠躬。

「不必道謝，雖然我沒在值班，終歸是個刑警。話說回來，你們還是高中生吧？為何這時間還待在這種地方呢？」

「我們去武藏野館看了勒內．克萊芒導演的《禁忌的遊戲》，實在太感動了，看完之後不想馬上回家，就去咖啡店聊了一下電影感想，回過神時，已經是這時間了……」

「看了電影情緒激動是沒關係，不快回家的話，會被家人責罵的喔。今天能遇到你們也算有緣，我用計程車送你們回去吧。」

柏木攔下一台亮著「空車」燈號的計程車，讓男孩與女孩坐進後座，自己坐上副駕駛座。

「還沒自我介紹呢，我叫柏木英治，隸屬荻窪署的保安課。」

「我叫鬼頭真澄。」

男孩這麼說。他有著一雙理智的眼睛，緊抿的嘴角透露堅強的意志力。

「我是篠山薰。」少女小聲說。她綁著兩條辮子，氣質一看就是好人家的女兒。只是，總覺得身上籠罩著一股落寞的陰霾。

兩人制服右胸口別著「誠直」的校徽。誠直學園高校，是位於中央線上國立車站前的私立名校。

「你倆是同學嗎？」

「是的。」男孩回答。「我們就讀二年級，是同班同學。」

本想問兩人「是不是在交往？」最後柏木還是閉嘴沒問。從兩人之間散發的親密氛圍看來，很顯然是一對情侶。不過，在他們身上感受到的光明正大態度，足以令人打消問這種問題的念頭。

「先去篠山同學家吧。妳是女生，盡可能早點回去比較好。」柏木說。

「這裡離鬼頭同學家比較近，還是先……」

女孩這麼說，男孩卻堅持：「不、先去篠山同學家吧。」

篠山家位在杉並區上荻的閑靜住宅區，是一棟兩層樓的西式建築。紅磚圍牆內的宅邸佔地似乎相當廣闊。女孩在正門前下了車，對柏木深深低頭道謝，又對男孩輕輕揮手，說了聲「謝謝你」。臉頰浮現的酒窩，如殘像般留在柏木心中。

接著，計程車朝中央線中野車站附近的鬼頭真澄家前進。

真是個好女孩呢。柏木這麼一說，男孩就難為情地笑了。

「區區一個高中生，說這種話或許會讓您見笑。不過，我希望將來有天能和她結婚。」

「我不會笑的啦。你看起來比社會上大多數成人更穩重可靠，一定能順利如願。」

謝謝您。男孩這麼說。

「對了，雖然轄區不同，詳情我也不太清楚，不過，連我都聽過令尊的名字。他難道不希望你繼承家業嗎？」

男孩搖搖頭。

「他或許對我有這樣的期待，但若真要求我繼承家業，我會拒絕。」

「她……知道你的家庭環境嗎？」

「是的，即使如此，仍願意與我交往。」

真是個好女孩呢。柏木又說了一次。要好好珍惜她喔。

少年在鬼頭家前下了計程車。說完「非常謝謝您」之後，深深低下頭。柏木說聲「再見啦」，便要司機發車。回過頭，透過後擋風玻璃看見男孩站在路邊揮手。柏木也朝他輕輕揮手。

感覺自己內心像是點燃了一盞溫暖的燈。

# 2

再次見到鬼頭真澄與篠山薫，是那兩個月後，十一月二十八日星期六的事。這是柏木最後一次看到活著的兩人。

這天，柏木英治隸屬的荻窪署保安課接獲線報，指出上荻一間空屋內將有人進行私菸交易，柏木與同事決定前往監視。根據菸草專賣法，菸草的製造、進口和販賣，只能由日本專賣公社進行。這次私菸販子似乎打算在空屋中進行違法進口的美國香菸交易。

巧合的是，這間問題空屋正鄰接篠山薫家的東側。兩間房屋中間隔著一道圍牆，除了相鄰的這一邊，其他三邊都面向道路。換句話說，篠山家與空屋形成一個四邊都有道路圍繞的四方形。

問題出在該從哪裡監看。最簡單的方法，是分別在空屋正門與後門外佈置警力，可是這麼一來，私菸販子一靠近就會看見，恐怕因心生警戒而中止交易。此外，由於篠山家和空屋中間只隔著一道圍牆，私菸販子也可能翻牆從篠山家進出。所以，除了監視空屋之外，也必須監視進出篠山家的人。

要用最少警力完成滿足以上條件的最適當配置，就是將員警安排在篠山家與空屋拼成的四方形四個角落，確保四方形各邊都有員警負責監視。這裡的「各邊」指的是鄰接四方形的四條道路。兩棟房子的正門與後門各自面對著其中一條道路，只要四名員警監視好自己負責的道路，絕對不會看漏任何一個進出的私菸販子。

包括柏木在內，共有四名員警出動監視。只是，柏木以外的三名員警因行政工作耽擱，只有柏木一個人先抵達交易現場。

柏木抵達現場，是下午一點的事。他站在篠山家與空屋拼成的四方形西南角，朝東邊的方位開始監視道路。左手邊看得見篠山家的紅磚圍牆、正門、另一端的紅磚圍牆，以及空屋的紅磚圍牆、正門和另一端的紅磚圍牆。再過去的那條路，與南北向的道路交叉。另一方面，右手邊篠山家與空屋的交界處，有一條往東南方分歧的道路，這條路通往荻窪車站。若從上空俯瞰，就像從四方形底邊中央拉出一條朝右下斜斜延伸的線。

篠山薰每天都走這條路到荻窪車站通車。柏木心想，今天說不定會遇見篠山薰，腦中浮現女孩溫柔的表情。

或許因為地處高級住宅區，經過的行人不多，也沒有人進出那間問題空屋，只有單調的時間不斷流逝。天空飄過暗沉的烏雲，隨時可能下起雨來。

兩點，女孩出現在那條分歧的斜路上，大概是從荻窪車站走過來的吧。身穿水手服，右手提著書包。今天是星期六，學校應該只上半天課。可能是下課後在學校吃了便當，或是去哪裡吃過午餐才回來的。女孩從篠山家正門走入屋內。

將近兩點半時，剩下三位員警也抵達了。這三位員警分別從四方形的東北角、西北角和東南角，監視朝西邊、南邊與北邊方位延伸的道路。

過了一會兒，有什麼冰冷的東西滴上柏木臉頰。一滴、兩滴、三滴。柏木抬頭望向鉛灰色的天空，皺起眉頭。雨終於下起來了。撐起帶來的雨傘，看一眼手錶。三點十分。

三點二十五分，男孩也出現在那條分歧的斜路上。高領制服上穿著大衣，手上撐著雨傘。應該是來女孩家玩的吧。男孩由篠山家正門入內，從他熟門熟路的樣子看來，一定來過很多次。

之後，就不再有誰進入篠山家，也沒有人出來。

雨下到四點才停。因為下雨的關係，周圍道路地面泥濘。柏木雖然冷得發抖，但仍繼續監視。這種時候，總忍不住要詛咒刑警這份工作。

聽見吹哨的聲音，柏木心頭一驚。從聲音的方位判斷，這應該是配置於東北角的員警同事吹響的哨聲。他看見私菸販子進入空屋了。瞄一眼手錶，正好五點。柏木沿著道路飛奔，從空屋正門跑進庭院，一個看似私菸販子的男人，正從後門沿著圍牆衝出來。一看到擋住去路的柏木，私菸販子露出驚嚇的表情，回頭一看，另一名員警也快趕到了。私菸販子急忙翻過圍牆，逃入隔壁的篠山家。

柏木和同事也翻牆進入篠山家。庭院裡種有松樹，連假山造景都有。私菸販子沿著圍牆試圖往正門逃跑，但不知是否太緊張，在被雨淋濕的地面上滑了一跤。柏木立刻飛撲過去，騎在私菸販子身上，將他的雙手向後一扭，銬上手銬。這時，同事也氣喘吁吁地跑過來了。

「我被騙了！我被騙了！」

私菸販子氣急敗壞地大喊。被騙了是怎麼一回事？柏木問。私菸販子說，私菸供應者沒有出現。根據事前約定，私菸供應者會在那間空屋裡放三箱裝滿私菸的紙箱。然而，私菸販子進入空屋時，卻沒看到這幾箱私菸。換句話說，私菸供應者只收了錢，卻沒按照約定交出私菸。

「不講信義，那傢伙爛透了！」

看私菸販子講得一臉義憤填膺，柏木覺得很好笑。

這時，柏木忽然感到有點不對勁。有什麼地方怪怪的。仔細思考到底哪裡怪，這才發現，發生了這麼一大場騷動，篠山家卻沒有任何人出來察看。一般而言，一定會出來看看到底怎麼回事才對。屋內燈是亮的，表示有人在家。

柏木把私菸販子交給同事，自己站在玄關按門鈴。無人回應。再試著按了兩三次，依舊無人回應。轉動門把看看，沒有上鎖。柏木開門朝內喊「有人在家嗎？」還是得不到回應。

同事上前問「喂，怎麼了」。柏木說出自己的疑惑，同事也露出狐疑的表情。進去看看吧。柏木這麼說著，脫下鞋子踏上屋內的走廊。同事跟在後面，兩人先一起開了進屋後右邊的門。

瞬間，柏木知道自己不祥的預感應驗了。

門後是客廳，地上鋪著地毯，還放了一張玻璃茶几與一套沙發。地毯上，鬼頭真澄和篠山薰就倒在那裡。男孩的大衣掉落一旁，身著高領學生服的男孩抱著穿水手服的女孩。男孩與女孩的胸口都被血染成暗紅色，男孩胸口還插著一把刀。

# 3

出於刑警的習慣，柏木與同事立刻在屋內展開搜索。如果這是殺人事件，兇手或許還躲在房子裡。同事上了二樓，柏木則在一樓到處查看。客廳、餐廳、廚房、女傭房間、浴室、廁所……全都沒有人。從二樓下來的同事也搖搖頭。

「二樓屋主的房間、小孩房和客房，都沒有人。」

柏木和同事走出去，對另外兩名同事說明了家中發生的事。這三位同事下午兩點半抵達，分別於篠山家與空屋拼成的四方形東北角、西北角與東南角就定位展開監視。三人都表示開始監視後，篠山家和空屋沒有任何人進出。站在西南角監視的柏木，除了兩點時的女孩和三點二十五分的男孩外，也沒看到其他人進入篠山家。

柏木繞著篠山家外圍走一圈。庭院泥濘的地面上，只有柏木和三位同事進出時留下的腳印。換句話說，四點雨停之後，沒有人進出過篠山家。在那之前，進入篠山家的只有篠山薰和鬼頭真澄，家中也沒有其他人了。

在同事們就定位的兩點半前，或許有人能從柏木看不到的後門進出篠山家，但這也只可能殺害女孩，不可能對男孩下手。如此說來，這不是殺人事件，而是殉情事件嗎？男孩先用刀刺殺女孩，再插入自己胸口自殺？

同事之一用客廳裡的電話聯絡荻窪署，十五分鐘後，搜查課的刑警們就趕來了。再過十五分鐘，警視廳搜查一課的刑警們也抵達現場，原本安靜的住宅區陷入騷動。

柏木在搜查一課的刑警中，找到一個戴眼鏡、寬額頭，看上去頗有學問的男人。他是柏木警察練習所——現在改名為警察學校了——受訓時的同梯，江藤刑警。和身材魁梧，長相有如鬼瓦般嚇人，一看就是個刑警的柏木相比，江藤外表簡直像個銀行員。但也不知怎的，兩人氣味相投，畢業至今仍持續往來。

「聽說死的是高中男孩與女孩啊。你是遺體的第一發現者嗎？」江藤湊上前問。

「是啊，名叫鬼頭真澄和篠山薫的兩個高中生。」

「連名字都掌握了，不愧是柏木兄。」

「其實我兩個月前碰巧在新宿看見他們被不良少年纏上，出手相助過。」

接下來，柏木將自己和同事為了取締私菸交易，分別從下午一點和兩點半開始監視空屋及西鄰篠山家的事告訴江藤。

「下午兩點篠山薫回到家，三點二十五分鬼頭真澄來訪。除此之外，沒有任何人進出過篠山家。監視其他方位的同事們也說，直到五點私菸販子來到空屋後門前，沒看過誰進出這兩間屋子。」

「這樣啊，謝啦。」

「有件事想拜託你。如果是你負責運送兩人遺體到醫院，能否讓我一起去？當然，我不會干涉一課的工作。」

「沒問題啊，可是為什麼呢？」

「自己也不知道為什麼，就是特別掛心那兩人的事。」

江藤笑著說，你從以前就對事件被害人特別關心呢。那麼，我要去醫院時會通知你一聲。說完，江藤就和其他搜查一課的成員進入了篠山家。

兩小時後，柏木跟著江藤來到中央醫科大學附屬病院一樓的等候室。兩人的遺體預計在這間醫院進行司法解剖，已經運送到靈堂。也聯絡了雙方家長，他們將在司法解剖前，來醫院見自己的孩子最後一面。

鬼頭真澄的父親鬼頭仙一，是稱霸新宿一帶的黑道組織鬼頭組組長。隸屬不同轄區的柏木，不太清楚鬼頭家的成員狀況。剛才聽江藤說，真澄的母親原本是酒吧女侍應，八年前死於空襲之中。

另一方面，篠山薰的父親則於五年前死於肺結核，家中只有薰和母親久子及女傭三人。久子是明央銀行總裁的女兒，手頭頗有資產，一家生活無虞。

「我和同事進入篠山家時，母親和女傭都不在，是外出了嗎？」

「母親久子昨天就出門了，說是去學生時代就讀女校時的同學家拜訪，晚上也留宿在那裡。一開始我們找不到她，正在煩惱時，六點多她回家了。得知事件後，久子幾乎陷入瘋狂，直喊『讓我見薰』，可是當時遺體已經運來這邊了，真的讓人看了好同情。問有沒有能陪伴她的人，她便請我們幫忙聯絡住橫濱的妹妹菊子。同仁已經聯絡了，菊子應該會陪她來醫院。」

「女傭呢？」

「聽說久子讓女傭昨天和今天休兩天假。」

這時，正面玄關的門打了開，走進三個男人。走在中間的，是年約四十五的高壯男人，兩邊的年輕男人看似他的保鏢。光從散發的氛圍即知這三人不是善良民眾。三人看見柏木與江藤，慢慢走了過來。

居中的男人問「兩位是警方的人嗎」，江藤一點頭，男人就繼續說「辛苦了，在下鬼頭仙一」。江藤回答「請節哀順變」。

能讓我見見真澄嗎？鬼頭仙一以強忍情緒的聲音這麼問。五官深邃的他散發一股粗獷的氣質，和那給人理性印象的男孩實在不太相像。江藤叫來醫院職員，請對方帶仙一前往靈堂。

約莫十分鐘後，鬼頭仙一回來了。雖然面無表情，眼睛看起來有點紅。江藤說「有幾個問題想請教您」，詢問仙一對真澄殉情的原因有沒有頭緒。然而，鬼頭仙一只是默默搖頭。

這時，正面玄關的門再度打了開，兩個從穿著打扮就看得出家境優渥的女人走進來。四十歲上下的女人雙眼哭得紅腫，三十歲上下的女人摟著她的肩膀。

江藤往前踏出一步，對女人說「不好意思，勞煩您跑一趟」。這應該就是篠山薰的母親久子和她的妹妹菊子了。兩人都散發著高雅的氣質，令柏木想起那名符其實可用「良家婦女」形容的女孩。

篠山久子看到鬼頭仙一，似乎從外表立刻察覺了他的身分。

「都是你的小孩勾引了我家孩子！還給我！把我的孩子還給我！」

菊子喊「姊姊」，拉住對鬼頭仙一窮追猛打的久子，試圖安撫她。鬼頭仙一什麼也沒說，只是瞪了久子一眼，帶著兩名保鏢揚長而去。

久子和菊子也在醫院職員的帶領下前往靈堂。回來時，久子雙手捂著臉，要是沒有職員與妹妹的攙扶，幾乎無法行走。

「冒昧請問，您對自己的孩子與鬼頭真澄殉情的原因，有沒有什麼頭緒呢？」

「薰是被那個叫鬼頭真澄的孩子騙了。那個叫真澄的孩子出自那種家庭，將來根本沒有夢想可言吧。一定是因為這樣，自己不想活了，就拐騙我家的薰一起去死。薰那麼溫柔，才會……我……都是我不好……要是我昨天不要留宿朋友家……要是我不讓女傭休假，薰就不會單獨在家。那個叫真澄的孩子一定是利用這點跑來我家……」

之後她再也無法好好說話，只是不斷哭泣。這時，一旁的妹妹菊子突然開口：

「其實……今天下午三點，小薰打了電話到我橫濱家裡來。」

柏木和江藤驚訝地望向菊子。

「總覺得那時小薰說的話，就像在暗示要殉情。要是我能好好說服小薰別做傻事，說不定事情就不會變成這樣……」

「能否請您從頭詳述電話的內容呢？」

根據菊子的描述，薰打電話給她時，收音機裡正好開始播放古典音樂節目。換句話說，那是下午三點整的事。

——我這邊剛下起雨來呢，阿姨那邊天氣如何？

特地打電話來講這種事未免太奇怪，菊子這麼想，於是問薰「怎麼了嗎？」之後，薰猶豫了很久才回答。

——我接下來要去很遠的地方，唯有阿姨，我想好好跟您說再見。

——很遠的地方是哪裡？

——到時候會通知您，現在還不能說……再見。

說完，薰就掛了電話。

江藤將雙手盤在胸前說：

「『接下來要去很遠的地方』、『唯有阿姨想好好說再見』是嗎？聽起來確實很像暗示自己即將殉情自殺。」

「我覺得心頭不安，想再跟小薰講一下話，打了好幾通電話到姊姊家，小薰都沒有接……我也想過乾脆親自去一趟姊姊家好了，可是從橫濱到上荻要花很多時間，那孩子又向來懂事，應該不會做出傻事才對……勉強這麼說服了自己，沒想到，事情真的變成這樣……」

「薰同學沒有打電話給自己的母親，也沒有留下遺書，唯獨像這樣打了電話向您道別。兩位感情很好嗎？」

「是的。我從小薰還小的時候，就一直很疼愛那孩子，小薰也很黏我，經常找我商量事情。這個年紀的孩子就算有什麼煩惱，多半也難以對阿姨啟齒，可是小薰不會，連和鬼頭真澄交往的事都跟我說了。」

說著，菊子擦拭眼角的淚水。

# 4

隔天早報，兩人的事件佔了小小的報導篇幅。內容提及高中男女學生離奇死亡，屍體在上荻的自宅中被發現，不過詳細狀況、姓名和大頭照等資料都沒有上報。大概是身為明央銀行總裁之女的篠山久子，透過父親的關係對報社和電台施壓，要求媒體低調報導吧。

當天晚上，柏木在荻窪署的刑警辦公室裡與江藤刑警見面，問了他事件的後續狀況。連自己也說不上為什麼，那男孩與女孩的事始終令柏木掛心。

「司法解剖的結果如何？」

「兩人的死亡時間，推測在下午兩點到四點之間。兩人的死因都是左胸的刀傷，從傷口形狀看來，兇器應該是同一把刀。只是，鬼頭真澄當場死亡，篠山薰遇刺後還活了十分鐘左右。」

「看你的表情，好像在煩惱什麼，怎麼了嗎？」

「其實，我們懷疑這不是殉情，而是一起殺人事件。」

「——有殺人的可能性嗎？」

「對。鬼頭真澄和篠山薰都慣用右手，偏偏兩人正好右手都受了傷，可說是無法拿刀刺傷對方的狀態。聽說兩人都在體育課上扭傷了右手。」

「確定嗎？」

「醫生檢查過了，確定無誤。換句話說，案發現場的狀況，是第三人刺殺他們後製造出來的。」

「刀上有指紋嗎？」

「只有男孩的。雖然不知道刺殺的順序為何，兇手刺殺篠山薰與鬼頭真澄後，將刀上自己的指紋擦掉，再讓男孩握住刀。問題是……兇手沒有可能殺死他們。」

「什麼意思？」

「首先，是篠山薰的部分。薰於下午兩點回到家，兩點半前，篠山家的後門沒有人監視，所以兇手只要兩點到兩點半之間從後門進入，或許就能在不被任何人看見的情況下殺死篠山薰。但是，實際上這是不可能的事。因為三點打了電話給阿姨菊子的薰，至少在三點以前還活著。薰被刺殺後仍存活十分鐘，假設三點打電話時已經被刺，刺殺的時間頂多也只能回推到兩點五十分。可是，從兩點半開始，篠山家就處於滴水不漏的監視之下，兇手無法入內殺害薰。」

「對……」

「接著是鬼頭真澄的部分。真澄抵達篠山家的時間是下午三點二十五分，這個時候，篠山家已經處於滴水不漏的監視下，兇手無法入內殺害真澄。法醫判定鬼頭真澄遇刺時當場死亡，也不可能是在外頭遇刺後，進入篠山家才死亡。既然是當場死亡，就表示遇刺是進入篠山家之後才發生的事。可是，兇手又無法逃過你和荻窪署同事的監視進出篠山家。

另外，三點十分到四點下過雨，案發現場周圍地面一片泥濘。而你和同事們發現兩人遺體之後，立刻查看過篠山家的庭院，地上只有你們自己的腳印。換句話說，即使兇手在你與同事們開始監視之前就潛入篠山家，殺害兩人後仍繼續潛伏，趁五點你們發現遺體時偷偷逃離——這個可能性也消失了。如果兇手這麼做，庭院地面的泥濘上應該會發現兇手的腳印才是。」

「如果不是自殺殉情，兇手到底如何逃過我們的監視進出篠山家呢。現在無法解開的是這個謎團吧。」

「對，就是這麼回事。簡直像偵探小說裡會出現的密室殺人情節。為了解開這個謎團，現在搜查總部正在抱頭苦惱。」

「會不會是菊子說謊了呢？實際上三點這通電話根本不存在，薰是在更早的時段——兩點半篠山家進入完全監視狀態之前就被殺了？」

「她為什麼要說這種謊？」

「或許殺死薰的是菊子。兩點半之前殺害薰之後，為了製造不在場證明，便謊稱自己三點時接到薰打來的電話？這麼一來，只要警方認為兇手犯案時間晚於三點，她再為自己製造這段時間的不在場證明即可。」

「搜查總部也想過這個可能。但是，菊子從正午到三點都有跟人見面，無法在兩點半之前殺害薰。再說，照你這個假設，菊子非得為自己準備三點之後的不在場證明不可，可是實際上，這段時間她卻說自己一個人在家。」

「菊子本身可能不是兇手，或許她在包庇兇手？這麼一來，就算菊子只有三點以前的不在場證明，不必準備三點之後的不在場證明，那通三點的電話依然有可能是假的。」

「你是說，菊子為了包庇真兇，捏造了三點的電話？」

「對。如果是這樣，菊子想包庇的真兇也很容易鎖定。如果真有這個人，那一定是菊子的親友，比方說，自己的姊姊——也就是薰的母親久子。」

江藤咧嘴一笑。

「你也想到這可能性了嗎？不過啊，搜查總部已經想過一樣的事，調查了包括久子在內的菊子親友，結果，所有人都有兩點半以前的不在場證明。誰都無法在兩點半以前殺害薰。」

柏木苦笑起來。也是啦，自己都能想到的事，搜查一課的人當然早就想到了。

「假設三點的電話真的是菊子說謊，關於薰的死亡之謎確實能夠解開，但卻無法解釋菊子說謊的理由。」

「不然，會不會是兇手事前用錄音機錄下薰的聲音，三點時再打電話給菊子，從另一頭的話筒播放錄音呢？這樣的話，菊子就會誤以為薰三點還活著了。」

「這也不可能喔，因為當薰在電話裡說『接下來要去很遠的地方』時，菊子問『很遠的地方是哪裡』，薰有好好回答『到時候會通知妳，現在還不能說』，不可能是錄音機播放的。」

「可是，如果那兩人不是殉情，『接下來要去很遠的地方』又代表什麼意思呢？」

「他們兩人或許是想私奔吧。」

「——私奔？」

「對。鬼頭仙一對真澄家暴，篠山薰似乎對此報以同情。負責司法解剖的法醫也證實鬼頭真澄的身上有幾處被父親毆打留下的瘀青。」

「學校不知道這件事嗎？」

「聽說隱約知情。真澄高一時的級任導師是特攻隊的退伍軍人，個性天不怕地不怕，為了這件事還直接找上鬼頭仙一談判。沒想到隔天放學之後，這名教師在回家路上被幾個不良少年套布袋圍毆了一頓，整整住院一個月才康復。從此之後，校方就不敢再干涉鬼頭家的問題了。篠山薰非常同情這樣的鬼頭真澄，曾對摯友說過想休學，和真澄兩人搬到遠方工作生活……」

聽起來就像不知人間疾苦的少女懷抱的天真夢想。雖然大可嘲笑這樣的想法太幼稚，柏木卻認為那是非常珍貴的情感。

「兩人打算私奔到哪去呢？」

江藤搖搖頭說，不知道。

「昨天兩人出現在篠山家前，各自去了什麼地方？」

「昨天是星期六，學校十二點四十分放學。其他學生們正在準備回家時，有人看到他們還在教室一角說悄悄話，好像商量了什麼事情。有人聽到真澄說『已經無法忍受父親的暴力了』，薰似乎提議了什麼。我猜，薰大概就是這時向真澄提議了私奔的事。之後，一點左右兩人前往福利社買麵包，一點二十左右從學校正門離開，福利社員工和大門警衛分別提供了目擊證詞。從位於中央線國立車站前的學校到上荻的篠山家，搭電車加走路大約需要花四十分鐘。兩點到家的薰，應該是一出校門就直接回家了。至於真澄，離開學校後，三點二十五分才出現在篠山家，這之前的行蹤目前則尚未掌握。」

鬼頭真澄一點二十分離校，三點二十五分出現在篠山家，中間有著兩個多小時的空白。這段時間，究竟去了哪裡，做了什麼。

「說不定，鬼頭真澄是去購買私奔要用的旅行袋。」

柏木這麼說，江藤點點頭。

「搜查總部也這麼認為，拿著鬼頭真澄的照片造訪學校四周所有提包店打聽，卻沒有任何一個店員見過照片上的人。此外，案發現場也沒看見旅行袋。不太可能是被兇手拿走，或許只能推測一開始就沒有旅行袋的存在。」

「這麼說來，三點二十五分前，鬼頭真澄到底去哪裡做了什麼呢……」

「目前還毫無頭緒。」

只是，更令人毫無頭緒的，是兩人分頭進入篠山家後，究竟發生了什麼事。篠山薰兩點到家，三點打了告別的電話給阿姨。鬼頭真澄三點二十五分抵達篠山家，之後兩人被兇手殺害，兇手甚至還讓男孩擁抱女孩的屍體，營造出自殺殉情的假象。然而，兇手究竟要怎麼在柏木等人監視下，不被發現地出入篠山家？

「整起事件中，還有一點很奇怪。鬼頭仙一說，今天早上有個男人自稱每日新聞報社記者，打電話問他『你的小孩有沒有寫下什麼留書？』鬼頭仙一說自己當下罵了『去死』，就把電話掛了。聽他這麼說後，搜查總部詢問每日新聞，卻找不到打這通電話的記者。」

「這樣的話，打電話的人就是兇手嘍。」

「這個可能性很大。鬼頭是罕見的姓氏，只要翻電話簿，輕易就能找到他家的號碼。兇手可能擔心鬼頭真澄留下寫了兇手名字的紙條之類的東西吧。奇怪的是，問了篠山薰的母親，她卻說沒接到這種電話。也就是說，兇手絲毫不認為篠山薰可能寫下什麼，而只對鬼頭真澄抱持這層憂慮。這差異又是怎麼來的呢？」

# 5

隔天早上，柏木走出自家公寓，正要去上班時。

「您是荻窪署保安課的柏木英治巡查部長嗎？」

一個陌生男人忽然上前攀談。男人年約三十歲，個子頗高。有著鼻梁高挺的端正五官，和一雙細長清澈的鳳眼。

「您是哪位？」

「抱歉打擾您通勤，在下密室蒐集家。」

「——密室蒐集家？」

柏木上下打量來者。身為一介刑警，柏木也聽說過密室蒐集家的事。此人真實姓名與職業均不明，但是，只要哪裡發生了宛如偵探小說中才會出現的「密室殺人」，他就會出現在案發現場或搜查總部，打聽事件的詳情。雖然也不是不能趕走他，但不知為何，每個被他問到的人，都會在不知不覺中把事件的內容告訴他。

「聽說您是前天發生在上荻的密室殺人事件中，最後一個目擊生前的被害者，也是第一個發現遺體的人。能否請您告訴我當時的詳細情形呢？」

「我隸屬保安課，並未參加事件的搜查任務。如果你想打聽事件詳情，不應該來找我，該去問搜查總部才對吧。」

「我當然也打算去搜查總部，只是想先聽聽您怎麼說。聽完之後，再去搜查總部。」

「既然你還沒去搜查總部，怎麼知道我是遺體發現者的事？別的不說，你又怎麼知道我住在哪？」

男人微微一笑，只說「因為我是密室蒐集家」。根本和沒回答一樣。

「請告訴我當時的詳情，麻煩您了。」

說完，他深深低下頭。一個衣裝整潔，五官端正的男人，對著一個長相兇狠的魁梧壯漢低頭鞠躬，這一幕太詭異了，路過的行人都對兩人投以狐疑的視線。柏木被盯得坐立難安，只好說「我知道了，我會告訴你的，請把頭抬起來吧」。

柏木從第一次在新宿遇到鬼頭真澄與篠山薰的事開始說起，再說到第二次見到兩人，以及那之後發現兩人遺體的事，也說了從江藤刑警那裡聽來的司法解剖結果。

「我已經知道真相了。」

才剛聽完，密室蒐集家就爽快地這麼說。柏木愣愣地看著對方。這椿令警方連日苦惱，無法破案的事件，他只是聽人描述就當場解開謎團了嗎？怎麼可能有這種事。說什麼已經知道真相，誇大幻想也該有個限度。

「我想去荻窪署的搜查總部，能請您跟我一起去嗎？」

這男人想去搜查總部發表他的奇妙幻想，就算丟臉也是他自己的事。可以啊。柏木這麼說著，正想朝公車站牌走，密室蒐集家又說，我們搭計程車去吧。說著，朝正好經過的一輛計程車招手。計程車停下來，車門打開。柏木發現自己對司機的長相不陌生。

「咦？你不是那天的司機先生嗎？記不記得？兩個月前，在新宿車站東口，我攔了你的車，送一對高中男女學生回家。」

司機看了看柏木的臉，露出討好的笑容說：「喔喔，是那時的警察大人啊。」

這時，驚人的事發生了。密室蒐集家劈頭就對司機說：

「殺了他們兩人的就是你。」

柏木聽得傻眼。這男人到底在說什麼啊，是不是腦袋有毛病。

可是，後面還有更驚人的事。司機竟然臉色大變，加速往前行駛。

在那之前，密室蒐集家已迅速跳上副駕駛座。在行駛中的車內，伸手去摸司機的脖子。接著，不可思議的事發生了，司機霎時全身虛脫。密室蒐集家拉起手煞車，將車停下來。

回過神的柏木趕上前，發現司機已經昏厥。

附近派出所的年輕巡查跑過來查看，柏木便請他幫忙，一起將不省人事的司機抬到派出所。從司機試圖逃逸的行為看來，殺害鬼頭真澄和篠山薰的兇手似乎真是這個男人，但又還沒找到任何足以證明罪行的證據，只好先以妨礙公務執行的名義將其逮捕。

對著毫無意識的司機宣告嫌疑罪名，再用跟巡查借來的手銬上銬，讓他躺在派出所值夜室的榻榻米上。接著，柏木打電話到荻窪署，告知已經抓到兇手的事。

明明才剛做出那麼危險至極的行為，密室蒐集家端正的臉孔依然面不改色，露出穩重的微笑。摸摸脖子就能令人昏厥，大概是學過什麼武術吧。

巡查正要去泡茶，柏木就說「不用招呼我們沒關係，去做你的工作吧」，要巡查先回勤務室。接著，將依然昏迷的計程車司機夾在中間，和密室蒐集家一起坐在榻榻米上。

「搜查總部的人還要一段時間才會到，可否請你先告訴我，兇手是如何逃過我與同事們滴水不漏的監視進出篠山家，以及為什麼你會知道司機是兇手？」

「解決事件的前兩個線索，是雨和電話。」

「雨和電話？」

「篠山薰在事件當天下午三點打電話給阿姨菊子時，不是說了『我這邊剛下起雨來呢，阿姨那邊天氣如何』嗎？這句話先引起了我的注意。」

「這句話有哪裡不對勁嗎？」

「根據在篠山家外監視的您的說法，雨是下午三點十分開始下的吧？篠山薰從篠山家打電話出去的下午三點，應該還沒開始下雨才對。」

柏木赫然一驚，確實如他所說。

「為什麼會這樣呢？我能想到的，有四種可能。」

「四種可能？」

「是的。第一種可能，是您『三點十分開始下雨』的證詞有誤。」

「——我的證詞有誤？你的意思是我說謊嗎？」

密室蒐集家微笑搖頭。

「不、關於幾點開始下雨這件事，您沒必要說謊，我不是這個意思。比方說，您的手錶可能快了十分鐘，或是您搞錯開始下雨的時間，把三點記成三點十分了。」

「這是不可能的。那天早上，我才剛配合廣播的報時，幫手錶上了發條。」

「那麼，還有第二種可能。菊子的證詞會不會有誤呢？也就是說，其實薰打電話過去的時間是三點十分，但她誤以為是三點。」

「可是，菊子說電話打來時，廣播正好開始播放三點的古典音樂節目。我想，電話打來的時間應該是三點沒錯。」

「好的，這樣的話，應該就不是她搞錯了。」

「難道……菊子說謊了嗎？」

要是她作了虛假的證詞，篠山薰這部分的密室狀況將無法成立。薰是在兩點半密室狀況成立前遭人刺殺而死——只要這麼解釋就行了。

沒想到，密室蒐集家卻搖了頭。

「不、她沒有說謊的理由。關於這點，你們警方應該已經討論過了才對。」

「說的也是……」

「第三個可能，就是篠山薰說謊。儘管三點打電話的當下還沒下雨，卻在電話裡謊稱『這邊剛下起雨來』。」

「可是，為什麼篠山薰非撒這種謊不可？」

「正如您所說，篠山薰沒有撒這種謊的理由。這麼一來，只剩下第四種可能了。篠山薰打電話的地方，真的從三點開始下雨。」

「──欸？」

「篠山薰三點的這通電話，不是從篠山家，而是從其他地方打的。換句話說，三點的時候，薰身在其他地方，而不是篠山家。」

「──三點時在別的地方？怎麼可能有這種事。篠山薰兩點就回到家了啊，難道後來又出門了嗎？的確，兩點半以前篠山家後門還沒有人監視，偷偷從後門出去就不會被我看見了。可是，同事們加入監視行列的兩點半之後，後門一直處於監視下，要在我與同事都沒看見的情況下進入篠山家是不可能的事。五點的時候，薰和鬼頭真澄的遺體可是一起在篠山家客廳被發現的啊。如果三點她在別的地方，要怎麼在五點前回到篠山家？難道你想說我或同事漏看或說謊嗎？」

「不、我沒這麼想。您與同事都是資深刑警，我不認為各位會在監視時漏看，也沒理由說謊。」

「這樣的話，篠山薰到底是怎麼在五點前回到篠山家的？」

柏木實在不知道密室蒐集家想說什麼。都已經搞不清楚兇手到底怎麼逃過柏木等人的監視進出篠山家了，現在又多個不知道薰怎麼回篠山家的謎團。密室蒐集家說的話，只是讓事件更加混亂而已。

「從三點薰打電話給菊子，到之後的五點為止，進入篠山家的只有鬼頭真澄而已。這麼一來，唯一能想到的，只有一個可能了。那就是，薰是以鬼頭真澄的身分進入篠山家的。」

「——薰以鬼頭真澄的身分進入篠山家？」

柏木訝異地說不出話，只是盯著密室蒐集家看。這男人果然腦袋有毛病吧。

「到底是什麼意思？你該不會想說篠山薰喬裝成鬼頭真澄了吧？那是不可能的事。或許因為你沒看過那兩人，才會說出這樣的話。篠山薰是個身材嬌小的女孩，鬼頭真澄則是個子高大的男孩，長相也完全不同，喬裝改扮是不可能的事。」

「不、我也沒想過喬裝這件事。我所說的是這個意思——你把篠山薰進入篠山家這件事，當作鬼頭真澄進入篠山家了。」

「——咦？」

「你以為男孩的名字叫鬼頭真澄，女孩的名字叫篠山薫，實際上正好相反——男孩的名字叫篠山薫，女孩的名字叫鬼頭真澄。」

# 6

這句話花了一分鐘才進入柏木的大腦。

「——怎麼可能有這種事。我在新宿第一次見到他們時，男孩自稱鬼頭真澄，女孩也說自己叫篠山薰啊。難道你的意思是我說謊嗎？我有什麼必要說這種謊？」

「那時，他們兩人被不良少年纏上了對吧？不良少年撿起他們的定期車票，從鬼頭這個罕見的姓氏，察覺真澄與鬼頭仙一的關係，還說『你和鬼頭仙一是什麼關係？要是跟鬼頭仙一有關係，可不能就這樣放你們走』。這時，男孩為了保護戀人，自己挺身假裝成鬼頭真澄，讓女友假裝成篠山薰。幸好真澄和薰這兩個名字都是男女皆可使用的名字，更幸運的是，不良少年們只知道鬼頭仙一有小孩，但不確定小孩的性別。所以，當篠山薰自稱是鬼頭仙一的兒子時，不良少年也沒有懷疑。」

那一幕如電影場景般，再次浮現柏木腦海。男孩說「我就是鬼頭仙一的兒子」時，女孩朝男孩看了一眼，臉上閃過驚愕的表情。原來她是因為男孩假扮成自己而感到驚訝。

「可是，就算為了保護戀人，必須在不良少年面前假扮成鬼頭真澄，我把不良少年趕走之後，為什麼不告訴我事實呢？」

「我猜大概是因為，身為鬼頭仙一的女兒，女孩至今肯定已承受過不少異樣的眼光——鄰居、同學的父母，當然還有刑警。薰或許擔心把事實告訴您之後，您也會用異樣眼光看待真澄吧。所以，篠山薰在您面前仍繼續用女友的名字自稱，女孩察覺到男孩的貼心，也就配合著用男孩的名字自稱了。」

「原來如此，這倒是說得通……」

「您趕走不良少年後，用計程車將鬼頭真澄與篠山薰分別送回自己家，可是，那時他們兩人的『自己家』當然都不是真正的『自己家』。他們在『自己家』門口下車後，才又各自走回自己真正的家。」

「的確，我沒親眼看到他們走進各自的家門……」

「女孩在篠山家正門前下車時，除了對您道謝外，也對男孩說了『謝謝你』吧？那是在為他假裝成鬼頭真澄，保護自己不受不良少年欺負的事道謝。」

密室蒐集家看著柏木難以接受的臉，微微一笑說：

「其實，從您告訴我的話之中，還有其他讓我認為男孩是篠山薰，女孩是鬼頭真澄的地方。」

「還有其他？例如什麼呢？」

「例如，篠山菊子曾說『這個年紀的孩子就算有什麼煩惱，多半也難以對阿姨啟齒，可是小薰不會』對吧？」

「這有什麼問題嗎？」

「如果篠山薰是女孩，說『這個年紀的孩子就算有什麼煩惱，多半也難以對阿姨啟齒』不會有點奇怪嗎？對青春期的少女而言，阿姨應該是商量煩惱最好的對象了。無法對母親開口的事，在年齡相近的阿姨面前會更容易說出口。然而，薰如果是個男孩，菊子這番話就說得通了。對青春期的少年而言，比起阿姨，傾訴煩惱的對象應該是叔叔或舅舅才對。」

「確實是這樣沒錯……」

「另外，您從江藤刑警那裡聽聞鬼頭仙一對真澄行使暴力。可是，真澄如果是男孩，又是個子高大的高中生，應該足以做出反擊，制止父親的暴力。之所以做不到，正因為真澄其實是個女孩。」

他說的一點也沒錯。柏木已經無法提出任何反駁了。拖著沉重腳步走到勤務室，對正坐在辦公桌前處理文書工作的巡查說：

「你知道前天發生在上荻，男孩及女孩遭人殺害的事件嗎？」

巡查回答「知道」，柏木又問「那你還記得兩個死者的名字嗎」？

「沒記錯的話，男孩叫篠山薰，女孩應該是叫鬼頭真澄。」

「你記性真好，模範巡查就該像你這樣，將來一定能成為了不起的刑警。」

巡查臉都亮了起來，對柏木道謝。柏木沮喪地回到值夜室。

真教人難以置信，密室蒐集家的推理完全正確。話說回來，自己怎麼會完全沒察覺弄錯了呢？柏木在記憶中搜尋，發現原因來自幾個巧合。

首先，在篠山家客廳發現兩人遺體後，柏木與同事分頭搜查了篠山家。當時，要是自己負責搜查薰的房間，一定能從室內擺設等狀況發現薰是個男孩吧。可是，薰的房間偏偏由負責二樓的其他同事搜查，柏木自己負責的是一樓。

其次，柏木和搜查總部的刑警江藤論及案情時，總是用姓名稱呼男孩女孩，沒有用到「他」或「她」等足以顯示性別的第三人稱。因此，柏木始終沒有發現自己口中的篠山薰或鬼頭真澄，和江藤口中的是相反的兩人。

之後，篠山久子與鬼頭仙一分別到醫院靈堂見自己孩子遺體時，如果柏木陪同進入靈堂，一定就會看見久子站在男孩而不是女孩的遺體前。同樣的，也會看見鬼頭不是站在男孩而是女孩的遺體前。可惜當時，柏木一直都在等候室等待。

篠山久子曾抓著鬼頭仙一說「都是你的小孩勾引了我家孩子」。當時，如果她說的是「都是你女兒勾引了我兒子」，柏木一定會察覺自己的誤解。只是，碰巧久子用了「你的小孩」和「我家孩子」這種男女兩性都適用的詞彙，又造成了柏木的繼續誤會。

在柏木的報告中，鬼頭真澄於三點二十五分來到篠山家。然而，這時來到的男孩不是鬼頭真澄，而是篠山薰。只是，由於男孩從那條分歧的斜路走上來，站在東南角和北邊監視的員警們都看不到他，只有站在西南角往東邊方位監視的柏木看得見他。因此，沒有人發現「三點二十五分鬼頭真澄來到篠山家」這個說法的謬誤。

這幾個巧合重疊下，柏木完全沒發現自己搞錯了兩人的事。話雖如此，正確掌握被害人的名字是身為刑警的基本功。就算有這些巧合，把臉跟名字搞錯還是太不像話了。

密室蒐集家用同情的眼神看柏木，繼續往下說：

「到這一步，密室之謎自然能夠簡單解開了。原本一直以為篠山薰兩點回到家。

在這個條件下，因為兩點半後您與同事都加入監視，篠山家成為密室狀態，可能犯案的時間只限於兩點半前。可是，薰在三點打了電話給菊子，顯見至少三點以前還活著。法醫判定薰遇刺後活了十分鐘，就算三點打電話時已經遇刺，遇刺時間頂多也只能回推為兩點五十分。然而，篠山家卻是從兩點半就開始呈現密室狀態，因而得出兇手無法殺害薰的推論，形成了密室之謎。篠山家周遭的腳印，只屬於遺體發現者的您與同事，因此也必須排除兇手兩點半前潛入篠山家，於遺體發現時偷偷離開篠山家的可能性。

但是，如今我們知道篠山薰真正回到家的時間是三點二十五分，那整件事的看法就完全不同了。薰三點打電話給菊子，人在篠山家以外的其他場所，遇刺時也還不在篠山家。假設薰於遇刺之後的十分鐘內回到篠山家並死於家中，那就完全沒有矛盾之處了。

這麼說起來，菊子也提過三點接到薰的電話之後，因為對通話內容感到不安，打了好幾次電話到篠山家，薰都沒有接。這當然不是他不接，是因為他還沒回到家的緣故——由此亦可證實，薰打電話給菊子時，人還在篠山家以外的其他場所。

被害人遭兇手傷害後仍存活短暫期間，自行進入密室才氣絕身亡，造成看似兇手無法殺害被害人的狀況——這種案例稱為內出血密室。篠山薰之死，正屬於這種案例。只要釐清薰真正回到家的時間是三點二十五分，馬上就會明白是這種案例。但，因為他一直被誤認為兩點回到家，導致篠山家從兩點半起呈現密室狀態，加上三點打給菊子的電話，內出血密室的可能性就被推翻了。

另一方面，原本鬼頭真澄一直都被認為是三點二十五分才來到篠山家。這樣的話，兇手是無法在已成密室狀態的篠山家殺害她的。解剖結果顯示當場死亡，這表示在外面遇刺後才進入篠山家死亡的可能性為零。因此得出了兇手無法殺害真澄的推論。

可是，若真澄實際上來到篠山家的時間是兩點，那對整件事的看法又會不一樣了。篠山家從兩點半才開始呈密室狀態，那之前任何人都有可能從後門進出。所以，兇手在兩點至兩點半之間殺害真澄的推論沒有任何矛盾。

被害人實際上於密室成立前遭人殺害，卻被誤認為密室成立後才被殺害，形成兇手無法殺害被害者的狀況——這種案例稱為時間落差密室。鬼頭真澄之死就屬於這種案例。她實際上是在篠山家呈密室狀態的兩點半之前遭殺害，卻因被誤認為三點二十五分才來到篠山家，造成了看似兇手無法殺害被害人的狀況。」

柏木錯愕地聽著這段話。原來是因為自己把鬼頭真澄和篠山薰搞混，密室殺人才得以成立的嗎？

「鬼頭真澄一點二十分離開學校後，直到三點二十五分出現在篠山家之前的行蹤一直無法掌握。然而事實上，她兩點就來到篠山家，且不久即遭殺害。所謂鬼頭真澄兩點之後的行蹤，追根究底本來就不存在。

另一方面，篠山薰一點二十分離開學校後，被誤以為已經在兩點就回到家，實際上回到家的時間卻是三點二十五分。換句話說，從一點二十分到三點二十五分這段時間行蹤空白的人，不是鬼頭真澄，而是篠山薰才對。

那麼，薰在這段時間裡做了什麼事呢？我猜，應該是去買私奔用的旅行袋了。搜查總部誤以為這段空白時間屬於鬼頭真澄，並認為她可能利用這段時間去了學校附近的提包店買旅行袋，拿著她的照片四處詢問店員，結果一無所獲。這也難怪，因為去買旅行袋的是薰。」

順便一提，江藤刑警提到拿真澄的照片去問店員的事時，柏木以為刑警們給店員看的是男孩的照片，實際上刑警們出示的是女孩的照片。店員們說沒看過她，令柏木誤以為男孩沒有去買旅行袋，事實上他真的有去買——只是因為柏木搞混了兩人，刑警們在詢問時用了女孩的照片，才無法順利拿到目擊證詞。

「那你又是怎麼知道兇手是這男人的呢？」

柏木看著依然昏迷不醒的計程車司機說。

「最早用來鎖定兇手的線索，依然是雨和電話。」

「這話怎麼說？」

「篠山薰三點打電話的地方，正好三點開始下起雨。相較之下，篠山家則是三點十分才開始下雨。也就是說，從打電話的地方到篠山家，烏雲差不多得花上十分鐘移動。

男孩抵達篠山家的時間是三點二十五分，等於他只花了二十五分鐘就移動了烏雲花十分鐘移動的距離。徒步不可能這麼快，這麼一來，就可推測出他是從打電話的地方搭車移動到篠山家附近。

高中生當然不可能有汽車駕照，所以不用考慮他自行開車的可能。這樣的話，可以想到的就是搭了計程車。再說，身上帶著私奔用的大型旅行袋，比起徒步，搭計程車更方便，這樣的假設應該是正確的吧。

篠山薰遇刺後拖了十分鐘才死亡，這表示他不是在計程車內，就是剛下車時遭人刺殺。最有可能做到這點的人，自然是計程車司機了。此外，殺害兩人的兇器為同一把，表示殺害鬼頭真澄的也是計程車司機。」

「假設殺害兩人的真的是計程車司機好了，光是東京都內就有好幾百個計程車司機，要怎麼知道這男人就是兇手？當然，只要調查這幾百個司機的不在場證明，或許就能從中過濾出兇手，但你不可能做得了這樣的事，你是如何鎖定這個男人的呢？」

「的確，光是東京都內就有好幾百個計程車司機。可是，根據某項條件，兇手只可能是其中一人。」

「某項條件？」

「昨天早上，一位自稱報社記者的男人打電話到鬼頭家，問鬼頭仙一『你的小孩有沒有寫下什麼留書？』正如警方的推論，這通電話應該是兇手打的。可是，令人想不通的是，為何兇手只打電話到鬼頭家，卻沒打到篠山家。

能夠想到的可能性，就是兇手早已知道篠山薰沒有寫下任何東西。所以，兇手不需要打去篠山家問『你的小孩有沒有寫下什麼留書？』

那麼，兇手為何只確定篠山薰沒有寫下任何東西，卻不知道鬼頭真澄是否曾寫下了什麼？

合理的推測是，兇手親眼看到篠山薰死亡，卻沒有親眼看到鬼頭真澄斷氣。

然而，這不是很奇怪嗎？若按照前面我的推理，兇手親眼看到斷氣的應該是鬼頭真澄，而不是篠山薰。因為兇手先在篠山家殺了鬼頭真澄，能在不被任何人看見的情況下確認女孩已經喪命。另一方面，兇手在計程車上或車外刺殺了薰，男孩卻在那之後立刻逃離兇手，進入篠山家。因此，兇手無法親眼確認男孩死亡。明明應該是這樣，為何兇手反而能夠確認薰的死亡，而沒有親眼看到真澄斷氣呢——你不覺得奇怪嗎？」

柏木心頭一驚，恍然大悟。

「——兇手也和我一樣，把篠山薰和鬼頭真澄搞混了嗎！」

密室蒐集家點頭。

「正是如此。兇手也把兩人的名字搞錯了。兇手以為逃進篠山家，使自己無法親眼確認死亡的那個男孩叫鬼頭真澄，所以才會打了那通問題電話到鬼頭家。」

「可是，把兩人名字搞錯的不是只有我嗎？」

「不、不只有您。您之所以搞錯兩人的名字，是因為兩個月前，出手搭救被不良少年纏上的兩人，在護送他們回家的計程車上，男孩自稱鬼頭真澄，女孩自稱篠山薰。聽到這個的不是只有您，司機當然也聽見，並與您產生了相同的誤解。這麼說來，兇手自然是當時的計程車司機了。」

「啊、對喔……」

「如果要說得更細，男孩在那群不良少年面前也曾假裝成鬼頭真澄，那幾個不良少年應該也產生了同樣的誤解。只是，既然兇手已限定為計程車司機，就可以排除不良少年犯案的可能性了。」

「原來如此，是這樣啊。」

「那麼，讓我來整理一下案發當日發生的事吧。鬼頭真澄再也無法忍受父親的暴力行為，在學校裡跟篠山薰商量這件事。男孩決定帶著女孩私奔，自己先去購買私奔需要的旅行袋等物品，把自家鑰匙交給女孩，要她到自己家等。篠山薰的母親前一天晚上在女校時代的朋友家中留宿，正好不在篠山家，對兩人而言正是大好時機。薰之所以決定與女孩分頭行動，大概是因為高中男女學生一起去買旅行袋太顯眼，擔心引起旁人注意。

離開學校之後，鬼頭真澄於下午兩點進入篠山家。篠山薰則在同一時間離校後，前往學校附近的提包店購買私奔要用的旅行袋等物品。另一方面，兇手計程車司機這時正從篠山家隔壁的空屋後門進入屋內。」

「進入隔壁的空屋?」

柏木一陣詫異。

「難道原本要在隔壁空屋進行交易的私菸供應者,就是這個計程車司機?」

「是的,他就是私菸的供應者。我猜,他平常都把裝滿私菸的紙箱放在計程車後車廂,運往各個交易場所。兩個月前,他開車送鬼頭真澄和篠山薰回家時,發現篠山家隔壁是個空屋,正好可以用來作為私菸交易的場所。

但是,正當司機將裝有私菸的紙箱從後門搬進空屋時,被隔壁篠山家二樓男孩房間裡的鬼頭真澄目擊了。其實她並不知道自己看見了什麼,但看到出現在篠山家二樓窗邊的她,司機自己疑心生暗鬼,決定從後門進入篠山家試探。下來玄關開門的女孩,一定表現得很不安吧。畢竟當時她自己一個人待在別人家中,難免顯得驚慌失措,司機卻將她的態度解釋為看穿私菸交易的事。為了封口,司機侵入篠山家,拿出護身用的刀子刺殺女孩。計程車司機本就戴著白手套,刀上因此沒有留下指紋。女孩出現在篠山家的事,更強化了司機以為她就是篠山薰的誤解。

司機拔出刀子,從後門逃走。收回原本用來交易的幾箱私菸。因為他擔心篠山家的人回家後發現女孩遺體,警察很快就會趕來並封鎖四周。如此一來,他的交易對象就無法順利帶走這幾箱私菸了。

這時還不到兩點半，您的同事們也還未加入監視篠山家的行列，司機進進出出都沒有被發現。順帶一提，司機將刀子藏在計程車的後車廂後，又再次回街上開計程車了。

同一時間，篠山薰在學校附近提包店買了私奔用的旅行袋，再於三點時打公用電話給阿姨道別。接著，他提著大包小包攔下計程車。這輛車，就是這個問題司機開的車。男孩將目的地告訴司機，司機雖然不想前往有女孩屍體的篠山家，又不能拒絕乘客的要求，只好照辦。

即將抵達篠山家時，薰要司機將車停在那條分歧斜路的路口。他可能擔心計程車停在自家門口太過醒目，會讓人發現自己要私奔的事。當男孩想從司機手中接下從後車廂搬下的行李時，無意間看見了藏在裡面的幾箱私菸，還有染血的刀。

篠山薰當然不知道那是刺殺了女孩的刀。可是，司機為了封口，又再度用刀刺殺男孩。因為是高級住宅區，幾乎沒有路人經過，也無人目擊犯罪現場。男孩受傷後，反射性地緊握刀柄，指紋就是這時沾上的，不過，他無法拔出刀子，就這樣在刀插胸口的狀態下，死命地往自家方向逃。旅行袋則是直接丟在計程車後車廂了。司機原本想追上，途中發現正在監視篠山家與空屋的各位刑警，無計可施之餘，只好當場離去。」

「為什麼篠山薰不向附近的人求助呢？現場是住宅區，只要大聲喊叫，一定會有人發現吧。」

「不、他不希望被任何人發現。要是被發現，自己將立刻被送往醫院，無法與女孩私奔。女孩也會被帶回家，遭受父親更嚴重的暴力對待。就算要去醫院，也得先和女孩會合，商討今後的計畫才行。為此，他想盡辦法也要趕到女孩身邊。男孩一邊忍耐劇痛，一邊拚命走回家。插在胸口的刀正好起了堵住傷口的作用，血幾乎沒有流出來。另外，他穿了大衣又撐雨傘，您才會沒看見插在他胸口的刀。」

柏木腦中浮現男孩走過雨中的身影。那時，他正強忍劇痛，一心只想趕快前往戀人身邊。

「然而，好不容易回到家中，男孩見到的卻是女孩的屍體。男孩用盡最後一絲力氣緊抱女孩，就這樣斷氣……」

# 7

要是看了電視新聞，見到新聞中的鬼頭真澄與篠山薰大頭照，柏木一定能瞬間察覺自己的錯誤。可是，此案發生時，有線電視才剛開播不到十個月，電視機也非常昂貴，一般民眾幾乎只有看街頭電視的機會。身為忙碌的刑警，柏木自然沒空擠進街頭圍觀電視的群眾中。此外，篠山久子是明央銀行總裁的女兒，透過父親的關係向各報社及電台施壓，要求媒體盡可能不播報這條新聞。報上只有小小篇幅記載了一對高中男女學生離奇死亡的屍體在上荻的自家中被發現的消息，既沒有刊出名字也沒有照片。所以，柏木無法經由看報這個管道解開自己的誤解。

柏木的嚴重失誤，因順利抓到兇手而抵銷。不、他甚至受到了嘉獎。這是因為，眾人誤以為解開謎團的是柏木。

在密室蒐集家講述完真相後，派出所外陸續傳來幾輛汽車停下的聲音，是搜查總部的刑警們抵達了。柏木朝值夜室窗外看了一眼，視線再度回到室內時，不禁陷入極度的錯愕。因為，密室蒐集家的身影已經消失得一乾二淨。

他像貓一樣踩著無聲的腳步離開了嗎？不，就算再怎麼不發出腳步聲，也無法在柏木朝窗外投以一瞥的瞬間離去吧。

柏木在強烈混亂中迎接搜查總部刑警的到來。雖然想表明是密室蒐集家現身並解決了事件的謎團，要是被問到「那他現在人在哪」，自己又答不上來。總不能說「他像一陣輕煙般消失了」吧。無可奈何之下，只得省略密室蒐集家解開謎團的過程，直接道出事件真相。

聽到柏木搞混男孩與女孩名字與長相的事，搜查總部刑警們起初也很驚訝，但立刻轉為稱讚抓到兇手的柏木。柏木一方面感到心虛，最後還是把密室蒐集家的功勞當作自己的。

兇手計程車司機本為私菸盜賣組織的成員，負責將私菸運送到交易地點。正如密室蒐集家的推理，他因為搬運私菸入空屋時被鬼頭真澄看見，為了封口下手殺害她。又在篠山薰搭乘他開的計程車時，因染血的刀子被薰看見而將他殺害。

事件發生距今已經五十多年了。柏木從刑警往上升職，一路做到警部補才屆齡退休。現在已經八十多歲，身體還很硬朗。

至今他仍常在想，密室蒐集家到底是何方神聖。那之後，柏木大約每隔十幾年會聽到一次關於密室蒐集家的傳聞。每當日本某處發生教人以為不可能破解的事件，他就會現身並解開謎團。無論時間經過多久，他的年齡似乎完全沒有增長。

還有，每次在街頭看見成群歡鬧的高中生，柏木都不禁陷入想像。如果，那天篠山薰和鬼頭真澄沒有遇見那個計程車司機，兩人順利私奔的話，之後不知道會過著什麼樣的人生。青澀的戀情是否將經不起殘酷現實的考驗，輕易就破滅了呢？

沒這回事。柏木心想。他憶起被不良少年糾纏時，男孩為了守護戀人，倉促之間以女孩名字自稱的事，也想起男孩當時堅定的眼神。有那樣的勇氣、機智與意志力，無論後來的人生經歷多少驚濤駭浪，男孩一定都能與女孩一起平安度過。

# 死者為何墜落

一九六五年

# 1

站在浴室裡的時候，玄關門鈴響了。

伊部優子嚇了一跳，這麼晚了會是誰？

本想裝作沒聽見，門鈴卻不斷響了又響。無奈之餘，只好穿上衣服走出浴室。眼睛湊上玄關門上的魚眼窺孔，感覺像被人兜頭潑了一桶冰水。

給人公子哥印象的俊俏臉龐、長髮，以男人來說稍嫌瘦小的身材。站在門外的人是根戶森一。

優子沒有打開門上的圓筒鎖，打算不理會響個不停的門鈴，走回和餐廳相連的廚房。門鈴聲停了。

大概是放棄了吧。然而，安心也只是一下子，門上的圓筒鎖發出「喀嚓」的聲音。回頭一看，門正慢慢打開。優子急忙衝到門邊想關上，已經太遲了。森一進入屋內。

雖說兩年前和森一分手時早就向他要回了鑰匙，看來在那之前他偷打了一把備鑰。優子後悔地想，早知道就該掛上門鏈。

大概是喝醉了吧，森一滿臉通紅。說著「好久不見」、「好懷念啊」，環顧餐廳與廚房。

「快點給我出去。」

優子毫不客氣地說。

「別這麼說嘛，難得我來，就不能招待一下嗎？」

森一一邊嚷著「冷死了、冷死了」，一邊把手放在石油暖爐上取暖。

「你到底來幹嘛？」

森一沒回答這個問題，反問優子：「妳剛在做什麼？」

「我正要去洗澡。」

「是喔，打擾妳了不好意思啊。」

「要是覺得不好意思，那就快回去。」

森一窺看隔壁優子用來當畫室的房間，目光停留在沒放畫布的畫架上。

「唷，妳沒在畫畫啊？以前不是老說一天不畫圖，功力就會退步嗎？」

「不用你多管閒事。」

「我們這一屆裡，勉強能稱得上畫家的也只有妳一個人了，加油啊。」

「謝謝你喔。然後呢？來找我到底什麼事？」

「其實，我昨天在梅田偶然遇見樋口。」

森一說的是兩人共同朋友的名字。

「那時我聽他說，妳下個月要結婚啦？還說對方是個醫生？」

「沒錯。」

優子內心浮現不好的預感。

「你們在哪認識的？」

「去年我開的個展上。他喜歡藝術，經常逛畫廊，碰巧去看了我的畫展。他好像非常欣賞我的畫，站在作品前好久都不動。我過去跟他攀談，就這樣認識了。」

「是喔，簡直就像老套的電視劇嘛。」

森一臉上浮現嫉妒的神色。短暫沉默後，像是忽然下定決心似的望向優子。

「老實說，我有事想拜託妳。」

「有事想拜託我？」

「和那傢伙分手，跟我復合吧。」

不好的預感果然應驗。聽說優子即將結婚的森一，借助酒精的力量，上門來要求復合了。這男人生性懦弱，不先把自己灌醉就不敢來吧。

「——別說傻話了，我為什麼要做那種事。」

森一伸長手臂，緊握優子的手。

「我愛妳愛到不行，分手後一直很後悔。早就想提復合了，但我也有骨氣啊，就一直強忍沒說。可是，昨天聽樋口說妳要結婚，才察覺現在不是逞強的時候。我一定會讓妳幸福的，回到我身邊吧。」

優子甩掉對方的手。

「開玩笑也該有個限度。」

「我現在正開始著手一個新事業，再不久就會上軌道了。到時候，一定能讓妳過上好日子，不會輸給那個醫生。」

優子感到厭煩。森一總是滿口大話，根本沒有實踐的能力與毅力。說什麼新事業，反正最後一定還是失敗告終。

森一要求復合，優子則一再拒絕，相同的對話沒完沒了地重複著。從前的自己到底迷上這男人哪一點呢，優子感到不可思議。以前，森一那男孩般固執的表情和激動闡述夢想的語氣曾令自己著迷，現在只覺得兩者都是他毫不成熟的證明。

漸漸地，森一沉默下來，似乎快要放棄了。正當優子這麼想時，森一忽然走向窗邊，用力拉開窗簾，打開窗戶。十一月夜晚的冷空氣灌入室內。

「要是妳不肯答應跟我復合，我就在這裡對外面大喊。這樣一定會引人察看吧。這麼晚了還和未婚夫之外的男人同處一室，要是這事妳未婚夫知道了，他會怎麼想？」

優子一陣驚恐。要是他真這麼做，事情就嚴重了。優子住的這棟「井上大樓」，一樓到四樓是店鋪，只有五、六樓是住家。所以，晚上這棟建築物裡只有五樓和六樓有人。即使如此，一旦大聲喧譁，其他住戶必定會聽見。

「拜託你，別這樣。」

衝向窗邊，優子抓住森一的肩膀。

就在這一瞬間。

看見窗外有個女人往下墜落，眼睛睜得老大。儘管只是一瞬間，那身影已清楚烙印在優子眼底。

嚇得心臟差點停止跳動。不假思索望向森一，兩人面面相覷，森一臉上也滿是驚愕。

「妳、妳看到剛才那個了嗎？」

優子一邊發抖一邊點頭。森一朝窗外探出頭，往下看，又立刻把頭縮回來。優子也跟著探頭出去，視線小心翼翼地往下。剎那之間，背脊一陣發涼。

面向木津川的大樓後庭陰暗地面上，有個女人臉朝下趴倒在那。優子急忙把頭縮回來。

森一低聲說「我們下去看看吧」。優子關上窗戶，鎖上月牙鎖。總覺得窗開著心很不安。和森一踏上走廊，鎖上玄關門，沿樓梯走到一樓正門大廳。打開大廳後門，進入後庭。

茂密叢生的雜草中，離建築物一公尺左右的位置，有個女人趴在地上。個子嬌小，披在背上的長髮凌亂。身上穿的是毛衣與打褶長褲。雙手皮膚的顏色異樣蒼白，就連外行人也能一眼看出她已經死了。

「這女人是誰啊？應該是住妳樓上的吧，妳認識嗎？」

「……一個叫內野麻美的人，是做公關小姐的。」

「會是自殺嗎？總之，得打一一〇報警才行。借用一下妳房間的電話。」

兩人從後庭回到玄關大廳時，優子說：

「你先回去。」

「欸？」

「半夜跟你在一起的事被知道的話，我未婚夫說不定會誤會。報警的事，交給我一個人來就好。」

「他會誤會？沒關係啊，那更好，別人知道妳跟我在一起更好，讓他知道有我這個人的存在……」

優子不耐煩地雙腳跺地。

「你現在回去的話，明天要再來找我也可以。」

「真的嗎？」

「真的啦。還有，備鑰給我。」

森一還在猶豫，優子又說「明天我可以跟你見面，條件是先把備鑰給我」，森一只好心不甘情不願地交出鑰匙。

「那就先這樣吧。我對妳是真心的，明天還會來。」

昔日戀人對優子投以依依不捨的一瞥，這才轉過身去。優子看著他瘦小的身影漸行漸遠，一股恐懼襲來，忍不住蹲在地上。

## 2

楠見龍雄隸屬的大阪府警搜查一課第四小隊抵達案發現場的「井上大樓」，是晚間過十點後的事。

這棟六層樓建築，位於甫自土佐堀川分流不久的木津川西岸，從木津川橋往南大約一百公尺左右的地方。外觀雖然相當摩登，外牆的髒污程度仍傳遞出建築落成至少已有十幾年的訊息。往正門入口大廳的信箱看，一樓到四樓每層樓各租給一個商業店鋪，五樓和六樓則規劃為住宅，每層樓各有兩戶。

在負責看守入口大廳的制服員警帶領下，第四小隊從大廳後門進入面積約有三十坪的後庭。地面雜草叢生，水泥磚堆成一座小山，髒兮兮的澆水壺、看似從陽台或窗戶飛出來的毛巾、信封等東西掉得滿地都是。從這幅光景看來，這後庭實在稱不上有好好打理。隔著大樓後庭，建築物另一側有一道高達三公尺的堤防，再過去就是木津川了。從後庭爬上堤防的階梯為水泥製，後庭左右兩邊各有一堵高約兩公尺的高聳水泥牆。

所屬轄區西署的幾位刑警已經站在後庭裡了。看到楠見一行人，彼此互相寒暄。

「遺體在這裡。」

被害人倒在離建築物一公尺左右的位置，臉朝地面趴在叢生的雜草堆中。身材嬌小，身高大概只有一百五十公分左右。一頭長髮幾乎及腰，雙腿朝建築物的方向，雙手則往前伸。身上穿的是紅色毛衣與深咖啡色的打褶長褲。

「被害人是在自己家中遇刺後，被人從窗戶丟下來的吧？」

小隊長宮澤警部這麼問。

「是的，被害人名叫內野麻美，今年二十五歲，說是在北新地酒吧當公關小姐。」

楠見抬頭仰望建築。面向後庭的這面牆上爬滿藤蔓。一樓到四樓屬於商業店鋪，這個時間已經打烊，所以牆上窗戶都是暗的，只有五、六樓的窗戶有亮燈，但每一扇窗戶都關著。

「發現遺體的人是誰？」

「住在被害人正樓下的女性，名叫伊部優子，是個畫家。她供稱自己在家裡時，因為想呼吸室外的空氣，就把窗戶打開，開窗時正好看見被害人往下墜落。她從窗口探頭往下看，看到被害人倒在地上，急忙下樓來後庭察看，那時被害人已經斷氣了。」

之後，她回到自己家中打一一〇報警，現在我們請她先回自己家中。」

「正好目擊被害人墜落的一幕啊，一定受到很大的驚嚇吧。那是幾點左右的事？」

「她說自己驚慌失措，忘了看時間，所以不確定幾點。不過，一一〇接獲報案電話的時間是九點三十八分，目擊被害人墜落大概是報警七、八分鐘前的事，推算起來就是九點半左右。對了，仔細檢查屍體後，發現背部有被刀刺殺的傷口，只是兇器已經拔除，乍看之下看不出刀傷。」

「找到兇器了嗎？」

「不、還沒。似乎被兇手帶走了。」

「麻煩帶我到被害人屋內好嗎？」

「其實，我們現在還進不去。」

「——還進不去？」

「被害人家的大門鎖著。兇手離開時，似乎用被害人的鑰匙把門鎖住了。現在正請房東帶主鑰過來。房東住在離這裡騎腳踏車十五分鐘車程的地方。」

剛好就在這時，看守大廳的制服員警帶著一個六十歲上下的男人過來，應該就是這棟大樓的房東了。可能急著踩腳踏車趕來的關係，房東喘得上氣不接下氣。

「阿楠，被害人屋內的搜索工作就交給你了。」

宮澤警部這麼說。楠見向房東借來主鑰，和西署的刑警們跟著房東上六樓，前往被害人房間。

因為一樓到四樓都是商業店鋪，這個時間沒有人。對兇手而言，這或許是求之不得的狀況。抵達六樓，兩兩相對的住戶之間，隔著一道與木津川平行的室內走廊，靠木津川這頭是內野麻美家，對面則是另一位住戶的家。

「對面的住戶沒聽見什麼聲響嗎？」

「按了幾次電鈴，不巧的是住戶大概外出了，一直沒有人出來應門。」

楠見用主鑰打開內野麻美家門的圓筒鎖，扭轉門把，把門拉開。沒想到，只拉開了十公分左右，門就拉不動了。原來是從裡面掛上了門鏈。

楠見心頭一驚，與西署的刑警們面面相覷。既然掛上了門鏈，就表示兇手還在屋內。

「我們是警察！乖乖出來吧！」

如此朝室內喊話，卻不見任何反應。再喊了兩三次，還是沒有反應。

「破壞門鏈進入室內好了。」

楠見這麼說，眾人露出緊張的表情點頭。

拜託西署的刑警呼叫兩名支援，從鑑識科帶金屬剪過來。向房東問了室內格局後，考慮到兇手也可能衝出來，便請房東先撤離到一樓。接著才把金屬剪放上門鏈。用盡全身力氣按下金屬剪的把手，門鏈發出一聲悶響，應聲斷成兩條。楠見開門衝進去，西署的刑警留在走廊上，來支援的刑警則跟著楠見進屋。

進屋後，首先看見的是連接廚房的餐廳。這裡放有餐桌與餐椅、餐具櫃、電視以及石油暖爐。沒有看到任何人。目光快速朝四周轉一圈。右邊牆上有通往另一個房間的門。左邊牆上則分別是浴室和廁所的門。楠見打開右邊牆上的門，支援的刑警各自打開浴室和廁所門。

楠見打開的是臥室門。臥室裡有床、化妝台和衣櫃。檢視了床底下和壁櫥裡，都沒看到人。臥室門對側有一道法式落地窗，外面就是陽台，但落地窗上的月牙鎖是鎖著的。扳開月牙鎖，打開落地窗，狹窄的陽台上晾著衣服。從這時間還晾著，且還有點溼的狀況看來，應該是傍晚洗的衣服。陽台上也沒有人。面朝木津川那側也有窗戶，不過也上著月牙鎖。

回到餐廳，來支援的刑警們報告浴室與廁所都沒有人。浴室旁有一台電動洗衣機，保險起見也檢查了洗衣槽，裡面當然沒有人。應該說，洗衣槽的空間本就容不下人躲藏。

廚房裡面朝木津川那面的窗開著。被害人應該就是從這裡被推下去的。窗戶下緣設有鐵製扶手。從窗戶探頭往下看，戶外打光燈的光暈中，看得見正在檢查死者屍體的驗屍官。兇手當然也沒有攀在窗外。

室內沒有任何人。楠見等人你看看我、我看看你，紛紛露出不解的表情。

玄關大門的圓筒鎖上了鎖，這沒有太大問題。兇手只要搶走被害人的鑰匙，從外面就能鎖門。問題是門鏈。門鏈只能從室內掛上，但屋裡卻找不到兇手。

「會不會是從打開的窗戶逃走了？」來支援的刑警說。

「這裡可是六樓耶？你的意思是，兇手從這麼高的地方爬下去嗎？」

「不然就是逃上頂樓了。」

有道理。楠見回答，走出走廊，爬樓梯上頂樓察看。然而，通往頂樓的門也鎖上了圓筒鎖。楠見用主鑰開鎖。兇手能逃的地方只有這裡了，他將門打開，小心翼翼地踏出去。

頂樓四周圍著一圈高度及腰的圍欄。放眼望去，只有一個很大的儲水槽，半個人影也沒有。繞到儲水槽後面看，那裡也沒人。

「兇手像一陣輕煙消失了……」

來支援的刑警如此喃喃低語。楠見心想，怎麼可能有這種事。十一月夜晚的寒氣忽然滲入體內，令人一陣發涼。眼下是明亮的萬家燈火，他卻毫無心思欣賞。

楠見和其他刑警回到大樓後庭的現場，宮澤警部問：「兇手呢？」

「——不在那裡。」

「不在那裡？這是什麼意思？」

楠見說明了搜索被害人家中及頂樓的狀況，宮澤警部雙手環抱胸前說：

「聽起來搜索時沒有遺漏什麼啊，這到底是怎麼回事……」

這時，驗屍官從屍體旁起身，朝刑警們走來。宮澤警部問：「什麼狀況？」

「背部有薄刃刀造成的一處刀傷，頭頂骨碎裂，此外臉部有挫傷，頸骨骨折。應該是被害人墜樓時，頭部先撞擊地面，造成頭頂骨碎裂和頸部彎曲骨折，臉則是在撞擊地面時造成了挫傷。背部的刀傷有生活反應，臉部的挫傷沒有生活反應。換句話說，被害人被刀刺殺後死亡，墜樓撞擊地面時已經是屍體了。」

楠見曾暗中懷疑伊部優子發現內野麻美跳樓自殺的屍體後，才在其背部製造刀傷。然而，既然刀傷有生活反應，那就沒有這個可能了。

「死亡推估時間呢？」

「得等司法解剖之後才能知道更確切的時間，不過，大概介於下午五點半到六點半之間吧。」

「下午五點半到六點半之間？」

宮澤警部看了看手錶。

「伊部優子目擊墜樓是九點半左右的事，這表示被害人至少在她目擊的三小時前已經死亡。這麼說來，兇手將被害人刺殺後，等了至少三小時才將屍體推落，然後從被害人的房間裡如一陣輕煙般消失了？」

「如一陣輕煙般消失？什麼意思？」

驗屍官露出疑惑的表情，楠見便將被害人家中及頂樓都沒發現兇手蹤跡的事告訴他。

「哇，簡直就像推理小說的情節啊。」

「現在不是覺得有趣的時候啦。」

宮澤警部苦著一張臉，又像忽然想到什麼似的說：

「對了，會不會是這樣呢？被害人遭兇手刺殺後，逃回自己房間，鎖上大門的圓筒鎖、掛上門鏈後，身體靠在面向後庭那扇窗上斷了氣。起初屍體沒有馬上倒下，以絕妙的平衡站立，經過三個小時，屍體開始出現死後僵直，失去平衡摔出窗外，墜落大樓後庭。」

「這不可能。」「這是不可能的。」

驗屍官與楠見同時否決。

宮澤警部揚起眉毛表示質疑，驗屍官說：

「被害人遇刺時，幾乎是當場死亡。沒有辦法鎖上圓筒鎖還掛門鏈。」

接著楠見也說：

「面向後庭的窗戶，下窗框離地面的高度超過九十公分。但是，看上去被害人的身高不過一百五十公分左右。以她這樣的身高，就算靠在窗上斷氣，也不可能摔出窗外墜樓。」

「……你說得沒錯。」

宮澤警部皺起眉頭思考，過了一會兒才說：

「這樣的話，能想到的可能性只有一個，那就是發現屍體的伊部優子說謊。現在我們認定被害人的屍體從六樓墜落，才會產生兇手如何從死者家中離開的密室謎團。可是，要是屍體並非從六樓墜落——換句話說，要是伊部優子的目擊證詞是假的，就沒有這個問題了。」

✦

楠見造訪五樓的伊部優子家。這位女畫家年齡介於二十五到三十歲間，深邃的五官散發一種異國風情。身高頗高，運動員般的體格，令人聯想到去年在東京奧運中拿下金牌的女子排球選手。

「真是看到了驚人的一幕呢。您和被害人很熟嗎？」

「不、頂多在走廊遇到會打招呼，幾乎沒有說過話。」

「不好意思，能再請您描述一次被害人墜樓時，您看見的情景嗎？」楠見這麼說，優子重複了一次發現屍體的經過。聽起來沒有矛盾之處。

聽到內野麻美是遇刺身亡後才被丟下樓的，優子驚訝得說不出話。

「——她是被人刺殺的嗎？我完全沒發現……」

「兇手抽走了兇器，被害人又穿紅色的毛衣，晚上那麼暗，很難看出衣服上的血跡。」

接著，楠見告知內野麻美家玄關大門不只鎖上圓筒鎖，還掛了門鏈，以及除了屍體墜落的那扇窗戶外，所有窗戶都從室內上了鎖，警方卻沒有在屋內找到兇手的事。

優子一聽就變了臉色，這表示她理解那代表了什麼。

「這麼說來，只有一個可能性。那就是妳說謊了。妳說看到被害人從窗外墜落，是騙人的吧？」

「──我沒有騙人。內野小姐真的從窗外墜落了。」

「既然如此，兇手為何不在被害人家中呢？」

優子咬著嘴唇沉默不語。不管怎麼想，這女人都在說謊。然而，為何她要特地謊稱被害人從窗外墜落呢？令人想不通的是這個。再者，就算被害人墜樓的事是假的，也只解開「兇手如何從被害人家中逃脫」的謎團，被害人家中門鏈如何掛上的，依然是個謎。

優子嘴唇顫抖。是不是要自白了呢？楠見凝視眼前這位畫家的臉。然而，她語帶躊躇說出的，卻是出乎意料的話。

「……其實，當時我不是自己一個人。」

「咦？」

「看見內野小姐從窗外墜落時，我不是自己一個人。還有另外一個人跟我在一起。」

「是誰？」

「一個叫根戶森一的人。」

「為什麼妳一直隱瞞這點？」

「因為……我下個月準備要結婚。所以，晚上和其他男人在家中獨處的事要是被知道就糟了……不過，我跟他真的沒有什麼，森一確實是我以前交往過的人，但現在一點關係都沒有！」

「現在一點關係都沒有的話，他為什麼會在妳家？」

「森一聽說了我要結婚的事，跑來提出無理的要求，要我跟未婚夫分手，和他復合。他一直逼我，我一直拒絕，反覆了幾次之後，大概失去耐性了吧，那人跑到窗戶邊拉開窗簾，威脅我說『要是妳不跟我復合，我就在這裡對外面大喊』。還說：『這樣一定會引人來察看吧。這麼晚了還和未婚夫之外的男人同處一室，要是這事被妳未婚夫知道了，他會怎麼想？』我心想，要是那樣就糟了，婚事一定會告吹。於是我跑向窗戶邊，用手抓住森一的肩膀，就在那時，看見窗外墜落的內野小姐……我們從窗邊往下看，內野小姐倒在後庭裡一動也不動。我關起窗戶並上鎖，和森一趕緊跑下去看。」

「這次妳說的應該是真的了吧？有沒有隱瞞其他什麼事？」

「沒有，什麼都沒有隱瞞了。請相信我。」

優子死命地辯解。

「以防萬一，也去找那個待在妳家裡的男人根戶森一問話吧。他住在哪裡？」

「現在住在哪，我也不清楚。兩年前分手時，他住在阪神西大阪線上的傳法站旁，一個叫『泉樂莊』的公寓。」

# 3

楠見請第四小隊最年輕的隊員近藤刑警充當司機，開著警車前往根戶森一住的公寓。必須盡快釐清伊部優子到底有沒有說謊。

「泉樂莊」看來像是戰後不久搭建的兩層樓公寓，已經相當老舊。沿著鐵梯爬上二樓，二〇三號室的門口掛著「根戶森一」的名牌。幸好，他似乎還住在這裡。

按了門鈴，一個年近三十的瘦小男人出來開門，表情很不高興。男人有點公子哥的氣質，長相相當俊俏，只是給人某種不太正經的感覺。應該不是正常上班族，留著一頭長髮。

「你是根戶森一吧？」

「是我沒錯，你們又是誰啊？」

楠見出示警察證，根戶顯得很驚嚇。

「是住樓上的公關小姐墜樓那件事吧？優子都說了？」

「就是那件事。名叫內野麻美的公關小姐。我問你，你真的看到了嗎？」

「對，真的看到了。」

「把那時的情形詳細告訴我。」

「我在跟優子講話，講一講很想呼吸外頭的空氣，就打開面向後庭的窗戶。結果，正好看見一個女人從窗外掉下去……」

「想呼吸外頭的空氣啊？跟伊部優子說的有點不一樣呢。她說的是你跑到窗戶邊，拉開窗簾打開窗戶，威脅她說『要是不復合就站在這裡大喊大叫』。」

根戶森一露出心虛的表情。

「——優子那傢伙，連這都說了嗎？是啊，我聽說優子下個月要結婚，就去要求她回到我身邊。優子的結婚對象好像是個醫生，嫁給醫生真是萬萬不可。最理解優子的，還是從美大時代就跟她交往的我啊。能讓優子幸福的也只有我。可是，優子那傢伙卻一點也不明白。所以我才會打開窗戶說了那些話。我沒有惡意，會做這些事都是為了她好。」

「半夜少做這些莫名其妙的事。那麼，在你開窗威脅她之後，就立刻看到內野麻美從窗外墜落了嗎？」

「對，我嚇了一跳往下看，就看到一個女人趴在後庭，動也不動，所以和優子急忙下樓到後庭察看。」

楠見凝視對方的臉，這人看起來不像在說謊。根戶森一顯得有些侷促不安。

「看到內野麻美掉下來的事，有什麼問題嗎？」

楠見將內野麻美先於自家遭人刺殺後，至少經過三小時屍體才被兇手推落，以及內野麻美家的門不只上了圓筒鎖還掛上門鏈，照理兇手不可能逃脫，屋內卻沒有人的狀況告訴了根戶。

「如果伊部優子宣稱看見內野麻美從窗外墜落的證詞是謊言，兇手如何逃離內野麻美家的謎團就不存在了。這就是我來找你確認的原因。」

「那個叫內野麻美的女人真的從窗外墜落了喔。掉下去的時候，雙眼還睜得好大，雖然只有一瞬間，但那一幕清晰烙印在我眼底了。感覺連作夢都會夢見，害我不敢睡覺。」

看來，內野麻美的屍體從六樓自家窗邊墜落的確是事實了。

「接著，你馬上就離開了現場是嗎？」

「因為優子說，要是被未婚夫知道半夜還跟我在一起，會招來對方誤會。」

「你一離開就回來這裡了嗎？」

「對。」

「那是幾點的事？」

「不確定耶……當時我喝醉了，不記得正確的時間。」

楠見向根戶森一道謝，搭上警車，轉往內野麻美工作的北新地酒吧「Empereur」。

腦中一片混亂。假若內野麻美的屍體確實從六樓自家墜落，眼前就有兩個待解決的謎團了。

第一，兇手犯案後，為何將屍體推落？此外，推落的時間是犯案至少三小時後的事，這又是為何？

第二，兇手將屍體推落後，如何從案發現場逃脫？

「這不是很像推理小說中的密室殺人嗎？」

握著方向盤的近藤刑警一臉雀躍地說，楠見只是板著臉回應「是啊」。

「要是密室蒐集家會來就好了……」近藤嘟噥。

「——密室蒐集家？那只是警方內部流傳的玩笑吧？怎麼可能真的有這個人。」

近藤口中的密室蒐集家，據說是在發生所謂「密室殺人」事件時，現身於案發現場或搜查總部展開推理的謎樣人物。楠見也聽說過幾次密室蒐集家在幾年前現身於某某處解決了某某事件的傳聞。可是，那些事件與事件之間明明相隔了好多年，解決每一樁事件的密室蒐集家年紀卻永遠是三十歲左右。根據這一點，楠見斷定那根本是假傳聞。

「是嗎？我就是為了想見密室蒐集家才來當警察的喔。我的伯父也曾是刑警，戰敗後不久，他曾親眼目睹密室蒐集家解決了一樁事件。」

為了見密室蒐集家才來當警察？楠見驚訝得合不攏嘴。最近的年輕人愈來愈幼稚，連現實與幻想都分不清楚了嗎？近藤說他今年二十五歲，應該是昭和十五年出生的吧。未來像他這樣的年輕人將會愈來愈多……

✦

酒吧「Empereur」在一棟五層建築的三樓，這是一棟聚集了俱樂部及酒吧的商業大樓。搭電梯到三樓，首先映入眼簾的是一扇厚重櫟木門，門上寫著金色的Empereur。

「這寫的是什麼意思？」

楠見問有大學學歷的近藤。

「Empereur，法語『皇帝』的意思。和英語的Emperor同樣意思，只是拼法有點不同。」

「為什麼叫皇帝？」

「聽說這家酒吧的老闆喜歡喝拿破崙白蘭地。」

酒吧門打了開，從裡面走出四個穿西裝的男人、一個四十多歲身穿和服的女人，以及兩個二十多歲穿西式禮服的女人。男人們興奮地聊著有了東海道新幹線之後，從東京到新大阪的車程可縮短為三小時又十分鐘的事。女人們禮數周到地對男人低頭鞠躬，直到男人們搭上電梯離去。

接著，和服女人目光停留在楠見和近藤身上：「不好意思，我們要打烊了。」她應該是「Empereur」的媽媽桑吧。楠見出示警察證，女人們臉上浮現緊張的神色。

「請問，有什麼事嗎……？」媽媽桑不安地問。

「內野麻美小姐是在妳們這裡上班的吧？」

「是的，沒錯。麻美她怎麼了嗎？」

「是這樣的，她在家裡被殺死了。」

媽媽桑倒抽了一口氣，其他公關小姐發出驚呼。楠見說「能到店裡請教幾個問題嗎」，在媽媽桑帶領下進入店內。

店內空間寬敞，約有十五坪大。放了四組四人座沙發，吧檯前還有十張高腳椅。剛才那四個男人似乎是今天最後一組客人，店裡已無其他客人身影。調酒師在吧檯裡擦杯子，公關小姐們坐在桌邊的沙發上，一臉疲態。媽媽桑對露出訝異目光的她們說明發生了什麼事，再度換來一陣驚呼。

「今晚麻美一直沒來上班，我們才在覺得奇怪，不知道發生什麼事。她不是會不講一聲就蹺班的人，就這點來說，麻美個性挺認真的，要請假一定會事先聯絡……」

「麻美小姐平常都幾點來上班？」

「傍晚六點四十分左右，因為店裡七點開門。」

「她上班都搭什麼交通工具，計程車嗎？」

「不、是地下鐵。那孩子很節省，只有錯過最後一班電車時，才會搭計程車回家。」

麻美住的「井上大樓」在木津川橋附近，要從那一帶到北新地，可以在阿波座搭地下鐵中央線，到本町換御堂筋線，最後在梅田下車。搭車時間和走路時間加起來，整體通勤時間大約是四十分鐘。下午六點四十分到店裡的話，離開家門的時間就是六點左右。麻美的死亡推估時間在五點半到六點半之間，如此推算起來，兇手就是在麻美臨出門上班前將她殺害的吧。

「麻美小姐是什麼樣的人呢？」

「是個好孩子喔，怎麼會有人要殺她啊……雖然她對金錢比較囉唆一點，但一個女人要靠自己活下去，會這樣也是理所當然的事……」

「麻美小姐有『乾爹』嗎？」

「正確來說不是『乾爹』，不過有個姓松下的人。」

「那人叫什麼名字？」

「這個就不知道了。」

「怎樣的人？」

「住在哪裡，從事什麼工作，這些都不清楚。只知道才三十多歲就擁有很多資產，好像是繼承父母的遺產吧。車子開的也是雷諾，每次來都是開那輛車。這個松下很迷麻美，一星期至少會來一次。不光是這樣，聽說還在遺囑上指定麻美為遺產繼承人喔。」

「有人知道這個松下住在哪裡嗎？」

楠見問其他公關小姐和調酒師，眾人都回答不知道。

「那個人沉默寡言，幾乎不提自己的事……每次來都是一邊喝酒，一邊和麻美聊天。或許只是來享受酒吧的氣氛吧，對我們來說，真的是個好客人。」

「身高和長相有什麼特徵？穿著打扮呢？」

「個子瘦小，頭髮很長。眼睛細長但有一對雙眼皮，鼻子高挺。應該很受女人歡迎喔，每次來店裡的時候，穿的都是名牌西裝。」

終於出現嫌犯了。這個叫松下的傢伙既然是麻美的恩客，自然可能為了陪同麻美上班而去她家找她，當時或許起了什麼爭執，就這樣發生殺人案。

# 4

隔天下午兩點，搜查會議於本案所屬轄區的西署正式展開。由西署署長擔任議長，大阪府警搜查一課的宮澤警部率領第四小隊的刑警們，與鑑識科員及西署刑事課的刑警們一同出席了會議。

署長簡單的寒暄後，宮澤警部報告了目前已釐清的事實。

「被害人內野麻美，二十五歲。是北新地酒吧『Empereur』的公關小姐。死亡推估時間是昨天，也就是十一月二十二日下午五點半至六點半之間。死因為薄刃刀插入背部的刺殺，法醫判定被害人幾乎當場死亡。此外，頭骨碎裂、臉上的挫傷及頸部的骨折，都是墜落地面時所造成。挫傷沒有生活反應，可知墜樓時被害人已死亡。

屍體的第一發現者是住在被害人正樓下的伊部優子與當時造訪她家的根戶森一。屍體墜落時，兩人正好望向面對後庭的窗外，目睹屍體墜落的情形。之後，兩人下樓到後庭，確認被害人已死亡。因為太過震驚，兩人都沒有看手錶，不確定當時的時間，只能推測墜落時間應該在晚間九點半左右。

之後，根戶森一離開案發現場，伊部優子打一一〇報警。起初，她對搜查小組謊稱只有自己一個人看到被害人墜樓。這是因為她下個月即將結婚，一旦深夜與未婚夫以外的男人在一起的事曝光，會對婚事造成阻礙。之後，她坦承和根戶森一一同目擊，我們也取得根戶的證詞，確定兩人共同目擊了屍體墜落。

如此一來，各位也已經知道，按照這兩人的證詞，現場的狀況將會變得難以解釋。被害人家的玄關門不只鎖上了圓筒鎖，還掛上門鏈。窗戶也一樣，除了死者墜落的那扇窗，其他窗戶都從內側鎖上了月牙鎖。玄關門的圓筒鎖，只要解釋為兇手搶走被害人的鑰匙鎖上即可。實際上，在被害人房中也沒有找到玄關門的鑰匙，推測是兇手拿走了。然而，門鏈和窗戶的月牙鎖都只能從室內上鎖，兇手卻不在屋內。

被害人住在六樓，兇手不可能從敞開的窗戶跳下一樓。也考慮過逃往頂樓的可能性，但通往頂樓的門是鎖住的，實際上了頂樓也沒有找到任何人。頂樓門的鑰匙只有房東才有，就算兇手真的經由頂樓逃逸，還是不可能再把頂樓的門鎖起來。

如果伊部優子和根戶森一『看見內野麻美從窗外墜落』的證詞為謊言，頂多只能解開『兇手如何逃離被害人家』的謎團。另一方面，這兩人也沒有理由說謊。清查交友關係及利害關係後，確定兩人都和內野麻美沒有任何交集。另外，兩人從兩年前分手後，直到昨晚前也沒有接觸過的跡象，幾乎可排除他們串口供的可能。

但是，若兩人所言屬實，兇手到底是怎麼從被害人屋內逃脫的呢？還有，兇手為何要將屍體推落？不只如此，犯案後至少經過三小時才將屍體推落，原因又是什麼，也還令人想不透。」

一名刑警舉手發言：

「有沒有可能在門鏈上動手腳呢？先將門鏈掛上，然後鬆開其中一個鏈圈。這麼一來，門鏈就會分成兩半，兇手也能從玄關門自由進出了。之後再從外面將鏈圈重新勾回去，恢復掛上門鏈的狀態。」

「這是不可能辦到的。」

今天上午詳細調查過現場門鏈的楠見搖搖頭。

「那個鏈條製造得很堅固，鏈圈串起來之後，連開口的接縫都焊死了，無法鬆開鏈圈。」

「不然，把鏈圈切斷，離開屋子後再用黏膠重新黏合呢？」

「這點也確認過了，鏈條上沒有切割的痕跡。」

另一位刑警發言：

「被害人家在六樓，剛才您說兇手不可能從打開的窗戶下到一樓。可是，真的辦不到嗎？用繩索之類的東西垂降到正下方的伊部優子家，再從窗戶進入大樓，這方法或許可行？」

「這也沒辦法。」

楠見說。

「伊部優子在目擊內野麻美墜樓後，在要從五樓下去一樓後庭前，把窗戶都關起並上鎖了。因此，兇手無法侵入伊部優子家，更無法從那裡逃脫。此外，一樓到四樓都是商業店鋪，案發時沒有營業，店鋪內也都無人，面向後庭的窗戶自然全都上著鎖。今天早上各樓層店鋪開店時，已請搜查隊員到場確認，證實所有面向後庭的窗戶都是鎖住的。換句話說，兇手也不可能從四樓以下樓層窗戶進入大樓。再者，被害人家中其他窗戶也全都上了鎖，兇手從這些窗戶離開的可能性也是零。」

另一位刑警又說：

「或者，兇手從六樓放下繩索，直接沿著繩索垂降到一樓呢？只要在繩索這頭綁一個掛鉤，掛在窗邊扶手上，再將繩索往下垂放至地面……」

「這種事你辦得到嗎？」

其他刑警這麼反駁，眾人發出笑聲。署長皺起眉頭咳了幾聲。

「不、我自己當然辦不到，可是，像登山家之類的人說不定就有可能啊。」

「這可能性我們也討論過。」

楠見回答。

「可是，如果是這種狀況，兇手必須手抓繩索，腳在大樓外牆上一邊蹬一邊往下才行，不可能光靠手臂力量抓住繩索垂降。問題是，案發地點的大樓外牆爬滿整面的藤蔓，要是兇手的腳從牆上蹬過，藤蔓和樹葉一定會留下踩扁或斷裂的痕跡，實際上卻沒有這樣的痕跡。也就是說，沿繩索直接垂降到一樓的假設也必須推翻。」

「或者，兇手用藤蔓當天然的繩梯？」

「這點我們也考慮過，請了體重最輕的同仁試著攀上去看看。但是，一承受同仁的體重，藤蔓瞬間從牆面剝離。在承受人類體重的狀況下，藤蔓只會紛紛剝離牆面，兇手也會因此從半空墜落。順帶一提，藤蔓底下並未藏有梯子之類的東西。」

「從被害人屍體墜落那扇窗外操控某種工具，將玄關門上的圓筒鎖和門鏈鎖起來呢？」

「不可能的。要是窗戶對面有其他建築物或許還有可能，即使是愚蠢的想像，連從對面的建築物像變魔術一般伸長手臂鎖門的可能性，我們都想過了。可惜窗外只有後庭，再過去就是木津川了。」

宮澤警部說：

「這樣吧，姑且先不討論兇手如何從案發現場逃脫的謎團。關於兇手為何將屍體推落的謎團，各位有什麼意見？」

「兇手是否對被害人懷有強烈怨恨呢？恨到殺死還不夠，要將她屍體推落大樓，造成損傷。」

「我也遇過幾次兇手出於恨意損傷屍體的案件，毫無例外的，兇手都在被害人已死亡後仍不斷揮舞兇器。以這次的案件來說，若兇手懷有強烈恨意，應該用兇刀刺入死者身體幾十次才對。用推落屍體的方式洩恨，聽起來有些難以理解。」

除此之外，就沒有其他人有意見了。於是，宮澤警部轉為討論兇手動機。

「問過『Empereur』的媽媽桑和與死者共事的其他公關小姐，大家都說想不到死者有什麼理由慘遭殺害。儘管有些吝嗇，但並未與誰有金錢上的糾紛。

根據媽媽桑的證詞，被害人有一個姓松下的恩客。松下對被害人相當癡迷，一星期至少會到酒吧消費一次，不只如此，還在自己的遺囑中指定被害人為遺產繼承人。

這個叫松下的男人，很有可能為了陪被害人上班造訪死者家，出於某種原因與被害人起爭執，進而將她殺害。從被害人吝嗇的個性看來，或許是抱怨松下給太少錢，兩人為此爭吵。可惜的是，別說松下住在哪裡了，『Empereur』的媽媽桑和其他小姐連他從事什麼職業都不知道。截至目前為止，這個叫松下的男人嫌疑最大，無論如何都得先找出他來。

接著，關於目擊證詞的有無，聽說住在被害人對門的住戶從前天就出門旅行了，無法期待來自這位鄰居的證詞……」

這時，會議室的門打了開，一位刑警走進來，低聲對署長說了什麼。署長臉上浮現驚愕的表情，清了清喉嚨後，對眾人宣布：

「──密室蒐集家好像來了。」

# 5

待在畫室時，玄關傳來電鈴聲。

優子放下畫筆。畫布上還什麼顏色都沒有。內野麻美的屍體在腦中不斷閃現，使她無法集中注意力。

從大門上的魚眼窺孔往外看，優子忍不住嘆了一口氣。站在走廊上的是根戶森一。他似乎依照昨晚離開時的約定來了。門一開，森一就露出雪白的牙齒喊「嗨」。

「昨晚真是折騰人，後來刑警也來找我，問我和妳一起目睹內野麻美屍體墜落的事是不是真的。我跟他說是真的了。」

「那還真感謝你。好了，你今天來有什麼事？」

「和昨天一樣啊，來叫妳回到我身邊的。」

「這樣的話，答案也和昨天一樣。我拒絕。」

「求妳了，改變心意吧。以前的確是我——」

就在這時，森一背後出現了三個男人。大概感覺到有人來，森一朝他們轉頭。來的人分別是案發當晚向優子問話的楠見刑警、一位二十五歲左右，看起來不太可靠的刑警，還有一個有著細長雙眼、清澈目光的男人，年紀看上去約莫三十歲。

楠見對優子說「昨晚真是不得了」，看到森一又說：「喔，你也來了啊？那正好，這個人說有事情想問你們，既然你也來了，就不用再跑一趟去你家。」

楠見說著「這個人」時，手指向那個三十歲左右的男人。

「這位先生，是來協助警方查案的。」

所以，請配合。楠見板著一張臉這麼說。另一方面，年輕的刑警則一臉喜孜孜的樣子。三十歲左右的男人深深低頭，自我介紹道：「在下密室蒐集家。」那過度彬彬有禮的模樣，給人一種不食人間煙火的感覺。

「——密室蒐集家？」

優子訝異地望著對方。

「本名叫什麼？」

「敝人的名字不值一提。」

這男人是怎麼回事啊？優子望向楠見，尋求他的解釋。楠見刑警一副厭煩的樣子說：「這位先生是密室殺人的專家，能提供警方各種有用的建議。總之，請妳先讓我們進去好嗎？」

眾人進屋後，圍著餐廳裡的餐桌坐下。

「那麼，幾位是想問我們什麼？」

森一不耐煩地提出詢問，密室蒐集家微笑著說：

「我聽刑警先生說，您在證實目擊內野麻美小姐從窗外墜落時，看到她『眼睛睜得好大』，這是真的嗎？」

「是真的啊，怎麼了嗎？」

密室蒐集家望向優子，語氣平靜地說：

「殺了麻美小姐的人是妳吧。」

✦

楠見刑警和年輕刑警同時發出驚愕的呼聲。看來，這兩人事前都未曾聽密室蒐集家說過什麼。森一張大了嘴。

「——請不要說這種莫名其妙的話。我可是親眼看見內野小姐屍體墜樓的人喔。

如果我是兇手，內野小姐的屍體又是怎麼掉下來的？再說，現場不是密室狀態嗎？這個謎團又該怎麼解開？」

優子死命裝出鎮定的表情這麼說。

「對啊，別以為頂著一個標新立異的頭銜就可以講那種莫名其妙的話。」

森一狠狠瞪著密室蒐集家。這彷彿不食人間煙火的男人繼續用他平靜的聲音說：

「那麼，就讓我說明真相吧。根據驗屍官檢驗的結果，麻美小姐的屍體除了頭頂骨碎裂之外，臉上有挫傷，頸部也骨折。墜落地面時，首當其衝的頭骨碎裂，接著頸部骨折，最後臉撞擊地面，留下了挫傷——這說明了麻美小姐的屍體以頭下腳上的方式墜落。

另一方面，森一先生在描述窗外墜落的女人時，說了她『眼睛睜得好大』。麻美小姐有一頭幾乎及腰的長髮，若是以頭下腳上的方式墜落，飄散的頭髮會遮住她的臉，照理說森一先生根本看不到她的眼睛是否大睜。由此可知，兩位目睹的女人，是以頭上腳下的方式墜落。

一個是頭朝下墜落，一邊是腳朝下墜落。為什麼會有這樣的不同呢？」

從兩名刑警臉上的表情，就知道他們完全沒想過這件事。楠見刑警問森一：

「那個女人墜落時，是頭上腳下的姿勢嗎？」
「對、對啊，我沒說嗎？」
「——沒聽你說。」
楠見一臉不高興。
「從兩者的差異，只能導出一個結論。那就是，優子小姐和森一先生目擊墜落的女人不是麻美小姐，而是另有其人。」
「另有其人……？可是，內野麻美的屍體不是倒在從六樓窗戶墜落的地方嗎……」
「兩人目擊墜落的女人屍體，在警方抵達前已經被藏在某處。取而代之的，是將麻美小姐的屍體放在同一個地方。換句話說，兩具屍體被人調包了。」
沒救了，優子心想。這男人似乎已掌握真相。
「由於兩人目擊墜落的女人不是麻美小姐，這個人也就不是遭刺殺後當場死亡。因此，也未必是被兇手從六樓推落。事實上，就算她是跳樓自殺或意外墜樓都說得通。既然如此，就表示六樓房中根本沒有兇手存在，鎖上玄關門並掛上門鏈的，正是這個女人本身。
另外，因為兩人目擊的不是從六樓墜落的麻美小姐，說麻美小姐從其他地方墜落也沒問題。聽說在麻美小姐家中找不到玄關門的鑰匙？原本警方的看法是兇手搶走鑰匙，從外面鎖上了玄關的門。然而，現在已知六樓屋內根本就沒有兇手，玄關門自然也不是被兇手搶走鑰匙鎖上的了。鑰匙，在麻美小姐自己手上——換句話說，麻美小姐帶著鑰匙出門準備去上班，又在外出途中先繞去另一個地方，在那裡遭到殺害，我想鑰匙恐怕還放在她上班用的手提包裡，留在她遭殺害的地方。

從呈現密室狀態的六樓屋內，因自殺或意外而墜落的女人屍體，被人用從另一個地方推落的麻美屍體調包，營造出麻美小姐自六樓家中墜樓的假象，從而產生『兇手如何逃離密室』之謎。」

年輕刑警聽得出神，眼中浮現敬佩的神色。震驚的森一不時偷瞥優子。楠見雙手抱胸，不情願地點頭。

「——的確，如果想成有兩具屍體互換，密室之謎就能解開了。可是，這樣反而多了未解之謎。他們目擊墜落的女人是誰？那具屍體被藏到哪裡去了？你說內野麻美的屍體被人從其他地方推落，那個地方又是哪裡？為什麼你會說伊部優子小姐是兇手？追根究底，為什麼要把目擊墜落的屍體跟內野麻美的屍體對調？」

密室蒐集家露出微笑。

「請容我一一回答。第一個問題——兩人目擊墜落的女人是誰。我們先姑且稱她為X吧。關於這個X，除了身分之謎外，還有另外兩個謎。

（一）X是跳樓自殺，還是意外墜樓？

（二）X是何時來到麻美小姐家的？是麻美小姐還在家時來訪，目送麻美小姐出門上班後留下來，還是麻美小姐出門後，用備鑰侵入屋內？

首先，（一）是自殺還是意外這一點，想請各位注意的是，優子小姐和森一先生目擊她墜落時，X『睜大了雙眼』。換句話說，當下能夠清楚看到她的臉。人在建築物中的優子小姐和森一先生之所以能看到她的臉，就表示X是面朝建築物墜樓的。然而，請大家想想，如果有人要從六樓屋內那扇窗邊跳樓自殺，自殺者的臉應該會朝外面，也就是面朝後庭往下跳才對吧。反過來說，跳樓自殺的時候，怎麼想臉都不太可能朝向室內，或者說，跳樓自殺的人，不可能面朝建築物墜樓。如此說來，X就不是自殺，意外身亡的可能性更高。

接著是（二），X是什麼時候來到麻美小姐家的？關於這點，希望大家注意的是，X不只鎖上玄關門的圓筒鎖，還連門鏈都掛上了。若只是目送麻美小姐上班，自己留在家中的話，為了安全起見，鎖上圓筒鎖沒什麼問題。但是，會連門鏈都掛上嗎？麻美小姐下班後回家時，要是門鏈掛在門上，她不就進不了家門了嗎？然而，X卻還是掛上了門鏈。這就說明她並非目送麻美小姐出門上班後獨自留守，而是趁麻美小姐出門後，用備鑰開門入侵。

趁麻美小姐不在時使用備鑰入侵，除了鎖門之外還連門鏈都掛上，從X的這些舉止，或許可以推測出，她的目的是想做些麻美小姐在時不能做的事。」

「麻美在時不能做的事？偷東西嗎？」

「是的。所以X擔心麻美小姐突然回來，才會除了圓筒鎖外，連門鏈都給掛上。」

「話雖如此，你不覺得很奇怪嗎？趁麻美不在家偷東西的話，等到麻美發現東西被偷，一定會第一個懷疑擁有備鑰的人吧？X難道不知道自己會第一個被懷疑嗎？」

「她當然知道。但是對X來說，只要能從麻美小姐屋內偷走自己想要的那樣東西，之後就算被懷疑也無所謂。」

「什麼意思？」

「偷東西怕被懷疑，是因為擔心對方報警。可是，X知道自己即使偷走麻美小姐屋內的那樣東西，麻美小姐也不能報警。」

「不能報警？」

楠見歪頭想了想，隨即露出恍然大悟的表情。

「——難道她想偷的東西，是用來恐嚇勒索的物證？麻美用那樣東西恐嚇勒索X嗎？」

「我想應該是這樣沒錯。即使X從麻美小姐屋內偷走恐嚇勒索的物證，麻美小姐也不能報警。一旦報警，自己有可能因恐嚇罪而被逮捕。因此，只要X能偷走那樣東西，事後就算被麻美小姐知道了，她也不痛不癢。」

「原來如此……到這裡我都能理解。可是，你說X是意外墜樓，這話又從何說起呢？為什麼一個侵入屋內想偷走恐嚇物證的人，會從窗口意外墜樓？」

「不妨這麼想吧，X有沒有可能正是為了偷恐嚇物證而墜樓的呢？」

「——咦？」

「有沒有可能，恐嚇的物證就貼在X墜樓地點的外牆上？為了拿到那個東西，她必須站在窗下的扶手上，朝牆壁伸長手。這是非常不穩定的姿勢。如果腳往扶手外側滑，就會以頭上腳下，臉朝建築物的狀態墜樓——對，正好就是X墜樓時的狀態。」

「確實會是這樣……但是，麻美為何要把恐嚇勒索的物證放在那麼奇怪的地方？自己要拿也不好拿，別的不說，萬一被強風吹走怎麼辦？」

「您說得沒錯，把恐嚇勒索的物證貼在那種地方簡直愚蠢。這樣的話，是不是可以說，貼在那裡的是假的物證？」

「為什麼要把假的物證貼在那種地方啊？」

「為了讓X失足墜樓啊。」

「——欸？」

「麻美小姐為了讓X墜樓摔死，將假的恐嚇勒索物證貼在窗戶上方的外牆，還把這件事告訴X。一如麻美小姐的計畫，X趁麻美小姐不在時侵入屋內，踩著窗戶的扶手想偷走物證時失足墜落。麻美小姐只要在回家後回收假物證，X的死怎麼看都是意外事故，案發當下麻美小姐人在酒吧工作，有不動如山的不在場證明。雖然X實際上未必會摔死，要是沒摔死，只要再找別的機會下手就好。換句話說，這就是一種或然率犯罪。」

「或然率犯罪？那是什麼？總之，你說的話太天馬行空了，我不覺得是真的。」

楠見嘴上雖然這麼說，卻又忽然想起什麼：

「——這麼說來，昨晚抵達後庭陳屍現場時，看見掉在地上的雜物裡有信封。當時沒有想太多，現在回想起來，那種東西掉在後庭挺奇怪的呢。難道……」

話說到這裡，楠見露出牙痛般的表情思索起來。年輕刑警一臉興奮：

「那個信封，就是貼在窗戶上方外牆上的假物證吧？X用手指抓住信封，正想從牆上剝下來時，腳底一滑墜樓了。同時，信封正好脫離牆面，跟著X一起飄落後庭……」

密室蒐集家微微一笑。

「是的，我也是這麼認為。順帶一提，X應該把麻美小姐家的備鑰和自己家的鑰匙一起放在長褲口袋裡了。殺害麻美小姐的兇手藏起了X的屍體，因此麻美小姐家的備鑰與X家的鑰匙才沒有出現在案發現場。從X的錢包和大衣等物品沒有留在現場這點看來，X應該是開車到這附近來的。東西都放在車上，沒必要帶下來。

好的，到了這個階段，已經能大幅縮小X這號人物的鎖定範圍。X是一位女性，和麻美小姐關係親密到能擁有她家的鑰匙。此外，她不但是麻美小姐試圖殺害的人，還是麻美小姐曾經恐嚇勒索的對象。」

「那會是誰啊？」楠見問。

「根據『Empereur』媽媽桑的證詞，有個姓松下的人對麻美小姐非常著迷。這個松下會不會就是X呢？」

「可是，松下是男的……」

「女人上酒吧也沒什麼問題，何況媽媽桑連一句都沒提過松下是男人吧？」

看楠見的表情，他正在翻尋記憶中的對話。

「的確，她連一句都沒提過松下是男人，可是……」

「聽說媽媽桑提及這位松下時，曾說過『正確來說不是乾爹』。這是因為，松下是一位女性，稱呼起來應該是『乾媽』而不是『乾爹』。我猜，松下小姐應該擁有喜愛同性的特殊性向。

既然是麻美小姐的『乾媽』，擁有她家的鑰匙也不是什麼奇怪的事。此外，松下小姐似乎在遺囑中指定麻美小姐為自己的遺產繼承人，這也足以構成麻美小姐殺害松下小姐的動機。此外，與公關小姐過從甚密這種事，對某些男人而言有可能發展為醜聞，更何況松下小姐是女人。麻美小姐只要拿兩人的親密合照，說些帶有暗示意思的話，就能達到恐嚇的目的。證詞也提到松下小姐開一輛雷諾轎車，這跟兇手開車到麻美小姐家附近的設想相符。」

「我們來確認看看。」楠見這麼說著，對優子說「借用一下您的電話」，便拿起話筒撥號。

「我是楠見……麻煩誰打個電話到被害人工作的『Empereur』酒吧，這裡有件事想詢問媽媽桑……因為現在我們在伊部優子家，不知道『Empereur』的電話……對，問問媽媽桑那個癡迷於被害人的松下是不是女人……對，是不是女人……我先不掛電話，等你回應。」

楠見這通電話，似乎是打回搜查總部。只見他將聽筒壓在耳朵上，嚴厲的眼神緊盯優子。優子心想，已經不行了，一切都將被揭穿。

「欸？松下是女人？確定嗎……抱歉，我在『Empereur』問話時犯了嚴重錯誤……」

楠見用手摀住話筒，一臉茫然地對密室蒐集家說「完全如你所說」。接著，再次將聽筒壓在耳朵上，簡單說明了密室蒐集家的推理，對方大概回答了什麼，楠見又說聲「了解」，才把電話掛上。

「搜查總部會去調查整個大阪府內姓松下的三十幾歲女性，看其中有沒有從昨晚開始下落不明的人。」

原來那個女人姓松下啊，優子心想。優子對她原本一無所知。

「繼續往下說吧。第二個問題——松下小姐的屍體被藏到哪裡去了？陳屍現場旁，就有個最好的藏屍地點，木津川。屍體大概是被捆綁重物沉入木津川底了。大樓後庭堆滿水泥塊，隨便拿其中幾個來用也不會被人發現。」

「——屍體沉入木津川了？」

楠見再次急忙拿起話筒撥號。

「我是楠見……抱歉一直打擾……現在能否立刻調派潛水夫……松下的屍體可能沉入木津川了……對，密室蒐集家說的。」

楠見放下話筒，重重嘆口氣。

「第三個問題——麻美小姐的屍體從何處墜落，以及第四個問題——為什麼我知道優子小姐是兇手。這兩個問題的答案可說表裡一體。

兇手藏起松下小姐的屍體，用麻美小姐的屍體調包，佈置出麻美小姐從六樓墜落的假象。由此可知，兇手知道松下小姐從六樓墜落的事——當然，兇手未必知道松下小姐是誰。只是，如果不知道松下小姐墜樓的事，就無法想出藏起她的屍體，用麻美小姐屍體調包的做法。

而知道松下小姐墜樓的人，只有目擊了這一幕的優子小姐和森一先生。兇手就在他們兩人之中。

那麼，是兩人中的哪一位呢？根據兩人的證詞，看到墜樓的屍體，下樓察看後，優子小姐以擔心兩人半夜獨處會令未婚夫誤會為由，要求森一先生先行離開，自己一個人打了一一〇報警。換句話說，森一先生沒有調包屍體的時間。這麼一來，兇手自然就是優子小姐。

另外，麻美小姐的屍體，應該是從五樓優子小姐屋內墜落的。麻美小姐上班前先造訪了優子小姐家，在這裡遭到刺殺。」

「那麼，第五個問題——為什麼要把松下的屍體和麻美的屍體調包？」

「為了製造不在場證明。目擊松下小姐墜樓後，下樓到後庭看見屍體的優子小姐靈機一動，腦中閃現了一個計畫。那就是，透過調包松下小姐與麻美小姐的屍體，讓森一先生以為自己目擊的是麻美小姐的屍體。如此一來，同為目擊者的優子小姐，在兇手推落麻美小姐屍體時的不在場證明就成立了。

優子小姐先以半夜和森一先生獨處的事若曝光，會引起未婚夫誤會為由，表示由她自己一個人來報警就好，要森一先生先行離開。之後，她調包屍體的過程就不會有任何人看見。

接著，她揹起松下小姐的屍體走上堤防，在屍體上捆綁水泥塊或其他重物，再沉入木津川。根據『Empereur』媽媽桑的證詞，松下小姐身材瘦小，相較之下，優子小姐身材高挑，有著女子運動員般健美的體格，就體能來說，完全有可能辦到這件事。

之後，她回到五樓自己家中，從窗邊推落麻美小姐的屍體。麻美小姐身高只有一百五十公分左右，對優子小姐而言，要將她從窗邊推落也不難。既然要對調松下小姐及麻美小姐的屍體，就必須在麻美小姐屍體上也製造出松下小姐因墜樓而產生的挫傷等傷勢。這就是將麻美小姐屍體推落的原因。

優子小姐提供給警方的證詞是，自己一發現屍體馬上打一一〇報警。然而實際上，她是完成這些調包工作後才報的警。要是森一先生正確記得目擊松下小姐墜樓的時間，或許會察覺與優子小姐報案的時間之間隔了太長的空白，不過，優子小姐算準喝醉的森一先生不會記得正確時間，事實上也正如她的預料。

另外，松下小姐的屍體趴在地上，兩人下樓察看時看不到她的臉。因此，當電視新聞播報這起事件時，打出麻美小姐的臉部照片，森一先生就算看到也無法察覺與後庭屍體的長相有何不同。

森一先生只在墜落的一瞬間目睹松下小姐的臉，因為只有一瞬間，一定記不住正確的五官配置。

在優子小姐要求下，森一先生當場離開了。可是繼續這樣下去，又無法利用他當自己不在場證明的證人。優子小姐本來或許打算在應訊時故意不小心說溜嘴，裝作不得已的樣子供出目擊時自己身邊還有別人的證詞。實際上則是警方因麻美小姐家門上鎖的問題懷疑優子小姐，她便乾脆順勢說出當晚和森一先生在一起的事。」

森一表情扭曲。真是太小看優子了，這才發現自己徹底被她利用。森一望向優子的眼神中，浮現屈辱與恐懼的神色。

楠見說：

「優子小姐殺害麻美的動機又是什麼呢？我們調查過麻美的人際關係，她與優子小姐完全沒有交集。兩人只是住在同一棟大樓裡，為什麼非殺了對方不可？」

「兩人住在同一棟大樓，而且還是上下樓的鄰居——光是這樣就足以產生犯罪動機了吧。」

「這話怎麼說？」

「上下相鄰的兩戶住宅，可能產生各式各樣的糾紛。舉例來說，麻美小姐或許動不動就把東西弄掉到地上，造成優子小姐屋內的噪音。或者，麻美小姐家的電動洗衣機漏水，水又滲入優子小姐屋內，毀損了重要的東西。」

「……就是你說的這樣。」

優子喃喃低語。或許驚訝於一直沉默的她終於開口，刑警們和森一的目光集中到她身上。優子心想，全都說了吧。繼續隱瞞下去太累了。

「——昨天傍晚，我在畫年底個展要展出的畫，覺得有點累，就走出充當畫室的房間，到廚房泡杯茶喝。過了一會兒回到畫室，發現天花板漏水，水流到畫布上……我急忙把畫拿開，可是那幅畫已經毀了。為了趕上個展，將近一個月不眠不休創作的作品，就這樣不能用了。我不知所措了好半晌，聞到天花板流下的水有洗衣粉的味道，立刻明白發生了什麼事。樓上那個女人的洗衣機溢水了。不只如此，如果水漏到洗衣機正下方的廚房倒還好，偏偏沿著天花板流進畫室，落在畫布上……」

森一猛然領悟了什麼：

「昨晚看到畫架上沒有畫布，我還在想那個曾經說過一天不畫畫就會退步的妳出了什麼事，原來是樓上漏水毀了妳的作品嗎？」

「是啊。我立刻上樓抗議，但那女人竟然假裝不在家，不肯出來應門。沒辦法，我只好回自己家，提不起勁做任何事，只能坐在椅子上發呆。差不多六點時，聽見走廊傳來下樓梯的聲音。心想『說不定……』就出去走廊看看，果然讓我遇到了那女人。她好像正要去酒吧上班，身上穿著大衣，手裡抱著提包。一看到我，她就轉過頭裝沒看見，想直接走過去。我說『我有話跟妳說，到我家來』，她才不高興地點頭，跟著我回家。我把被毀掉那幅畫推到她面前，那女人連道歉也不道歉，狡辯什麼是這棟大樓蓋得不好，最後還要笑不笑地說『囉囉唆唆講這麼多，妳就是要我買下這幅畫吧？』……我一時被怒氣沖昏頭，回過神時，廚房裡的菜刀已經插在那女人背上了……」

之後，優子不知該如何是好，茫然坐在屍體面前。洗衣機漏水是傍晚的事，所以還沒告訴房東。除此之外優子沒有殺人動機，因此發現麻美屍體後，她也沒有馬上遭到懷疑。

不、儘管還沒通知房東漏水的事，那之後優子立刻上樓找麻美抱怨了。雖然麻美假裝不在家，沒出來應門，住在對門的鄰居也該聽見優子抱怨的聲音。要是那樣的話，無論如何警方都會察覺她有殺人動機。

優子想著接下來該怎麼辦。對了，只要屍體不被發現，殺人的事就不會曝光。要怎麼做屍體才不會被人發現呢？

這時，腦中浮現了「分屍後丟掉」的念頭。優子被自己的想法嚇得渾身發抖，但也沒有其他辦法。猶豫許久之後，她將屍體搬進浴室，為了避免沾到血，脫掉自己身上的衣服。

就在這時，森一按下玄關的門鈴。心想不能讓人進入有屍體的家裡，優子決定不理會他，沒想到偷偷打了備鑰的森一會擅自闖進來。

「這麼說來，那時妳說『正要去洗澡』，其實是正要動手分屍嗎？」

森一鐵青著臉低聲說。

當森一用「要是妳不肯答應跟我復合，我就在這裡對外面大喊。這樣一定會引人察看吧。這麼晚了還和未婚夫之外的男人同處一室，要是這事被妳未婚夫知道了，他會怎麼想？」威脅時，優子之所以那麼害怕，並非擔心婚事告吹，而是想到萬一引人來察看，浴室裡的屍體會被發現。

和森一拉鋸時，看見窗外墜落的女人，優子驚訝得差點心跳暫停。和森一匆匆下樓察看，倒在後庭裡的是個從未見過的陌生女人。可是——

——這女人是誰啊？應該是住妳樓上的吧，妳認識嗎？

當森一這麼問的時候，優子撒了謊：「……一個叫內野麻美的人，是做公關小姐的。」同時，腦中瞬間閃過一個犯罪計畫。

只要把這女人的屍體丟進木津川底，再用麻美的屍體調包就好。這麼一來，優子和森一成了目擊麻美墜樓的人，不在場證明就此成立。之後就算優子被發現有殺人動機，只要死守不在場證明就沒問題了。比起將麻美分屍丟棄，這個計畫更完美。

優子作夢也想不到，麻美家的大門不只鎖上圓筒鎖，還連門鏈都掛上，使屋子成為密室狀態。刑警提到門鏈的事時，優子驚愕不已。擔心若警方試圖解開密室之謎，屍體調包的真相恐怕會露餡。密室狀況的成立，有可能成為優子的致命傷。後來，她的憂慮果然成真。

話說回來，這是多麼奇妙的因緣巧合啊。那個叫松下的女人被麻美送上死路，麻美被優子殺死，松下的屍體又被優子拿來製造自己殺害麻美時的不在場證明。簡直就像松下為了向麻美報一箭之仇而守護了殺害麻美的兇手似的……

「喂，密室蒐集家人呢？」

「真奇怪，剛才不是還在這的嗎……」

聽著楠見和年輕刑警的對話，優子望向還沒塗上任何顏色的畫布。或許會失去未婚夫，失去身為畫家的未來，唯有畫畫這件事，誰都無法從我身上奪走。要是能獲得允許，就把畫布帶進監獄吧。在那裡畫下只為自己而畫的一幅畫。

# 另有隱情的密室

一九八五年

# 1

殺人者再次環顧製造密室前的屋內。

鋪有深紅色地毯的四坪多寬敞房間。最內側那面牆有通往陽台的落地窗，現在厚重的窗簾已緊閉。靠門口這側的牆邊有一張書桌，桌上放著文字處理機。左側牆邊放的是書櫃和敞開的大型保險箱。保險箱內空無一物。犯案前，先用托卡列夫手槍威脅岸本徹夫打開保險箱，拿出他用來勒索取財的把柄了。托卡列夫手槍是為了達到今天的目的，從黑道分子手中買來的。

右側牆上掛著幾個奴風箏❸，蒐集這種風箏是岸本徹夫的嗜好。貫穿他心臟的子彈，正嵌在這面牆上某處。

然後，房間正中央，仰躺著岸本徹夫的屍體。這個蓄著寒酸山羊鬍，睜著空洞雙眼的矮小男人。身上穿的是黑白格子的毛衣和米色棉質長褲。左胸一帶被鮮血染成紅色。

殺人者內心毫無罪惡感。這個一再反覆恐嚇勒索的男人本就該受人唾棄。殺死這樣的男人，怎麼可能產生罪惡感。

必須收拾的東西都收拾了，沒有遺漏任何該做的事。

玄關門已經鎖上。窗戶也是。這間房間除了陽台落地窗外，所有窗戶都鎖上了月牙鎖。剩下的就是製造密室了。

殺人者用戴橡膠手套的手，從奴風箏上割下一段風箏線。拉出書桌下的椅子，移動到陽台落地窗邊。

落地窗門的月牙鎖還沒鎖上，扳手朝下。先將風箏線的一頭繞成一個環，掛在扳手上。再站上椅子，把手往上舉，將風箏線另一頭穿過窗簾軌道與窗框中間的縫隙，再讓線垂下。殺人者從椅子上下來，手持風箏線的一端，朝與陽台落地窗相反方向的書桌走。

桌上有文字處理機。幾年前日本也開始販售這種機器，雖然很方便，但最便宜的機種還要將近十萬圓。文字處理機後方附有列印裝置，現在裡面並未裝上列印用紙。用瞬間膠把風箏線的一端黏在列印裝置傳送紙張的轉軸上。用的是原本就在書桌抽屜

❸ 奴僕造型的傳統風箏。

裡的瞬間膠。

接著，打開文字處理機電源。CRT螢幕亮起來。殺人者自己在職場上也使用過文字處理機，懂得怎麼操作。從磁碟片裡隨意叫出一則岸本徹夫編輯存入的文章，按下列印按鈕，開始列印。

因為並未安裝列印用紙，只有轉軸空轉。確認風箏線隨之捲上轉軸後，拿起裝有勒索把柄和托卡列夫手槍的提包，打開陽台落地窗，掀開窗簾，踏上放有晾衣桿的陽台。十二月夜晚的寒氣包圍身體，使殺人者不自禁地顫抖。環顧四周，家家戶戶都拉起厚重的窗簾，沒有人看見這裡發生了什麼事。

將窗簾留下一點縫隙，關上陽台落地窗。眼睛湊近窗玻璃，凝視窗上的月牙鎖。

風箏線從文字處理機傳送紙張的轉軸朝斜上方延伸，經過窗簾軌道與窗框間的縫隙後筆直朝下，勾在月牙鎖的扳手上。因此，逐漸被轉軸捲入的風箏線最後會將月牙鎖的扳手往上拉，使月牙鎖轉動半圈，形成上鎖狀態。之後列印持續進行，風箏線將不斷被捲入，從已經變成朝上的扳手脫離，再穿過窗簾軌道與窗框之間的縫隙，完全捲上轉軸。

等了差不多一分鐘，看見勾住風箏線的月牙鎖緩緩移動，就這樣繞了半圈，扣上鎖頭。保險起見，用手推推看，落地窗紋風不動。

殺人者咧嘴一笑。密室完成。

再度環顧四周，確認沒有被誰看見。

翻過陽台欄杆，走進停車場，在凍結般的黑暗靜謐中往外走。之後，預計打公用電話到警視廳匿名報案。不過，不是馬上。要是馬上打電話報案，屍體及早被發現，死亡推估時間就會更正確。當殺人者在搜查中成為嫌疑人時，若死亡推估時間太正確，自己答不出這時間的不在場證明就麻煩了。

因此，死亡推估時間的範圍必須愈大愈好。為此，打給警視廳的報案電話得先擱置一會兒。

對於這個密室，警方不知道會怎麼想。殺人者暗忖。

殺人者從外面拿鑰匙鎖上玄關門鎖，待遺體發現者打破密室，進入屋內發現屍體後，殺人者再回來悄悄放回鑰匙——他們大概會這麼想吧。然而，警方馬上就會發現那是不可能的事。因為玄關鑰匙已經在岸本徹夫胃裡。殺人者無法從死者胃裡拿出鑰匙放回去。

或者，遺體發現者打破密室發現屍體時，殺人者其實還躲藏在現場，趁發現者驚慌失措離開現場後，殺人者再悄悄逃離——他們還可能會這麼想。然而，很快也會明白這是不可能的事。因為，發現者一定會是警察。如果是警察，就不會驚慌失措地離開現場了。他會待在案發現場，打電話報告事件狀況，之後為了保留現場狀態，也會留在原地看守。這麼一來，殺人者就沒有機會悄悄逃離了。

還是說，警方完全不會被這些障眼法蒙蔽，一開始就看穿文字處理機上的風箏線？看穿也沒關係。反而應該說，看穿最好。但是，隱藏在這密室中的真正機關，他們是絕對不會察覺的吧。

殺人者如此確信。

## 2

「哇，好懷念喔。」

水原涼子站在「金魚澡堂」前輕聲喊。

「以前常跟敦子還有阿茂他們一起來呢。」

祖母也用感慨的語氣這麼說。

一切都跟從前沒兩樣。鋪設黑色屋瓦的「破風造」❹玄關、寫著「金魚澡堂」的絞染門簾，還有聳立於夜空下的巨大煙囪，這些都跟從前一樣。

小時候，每次來祖母家玩，就會和同樣來玩的堂兄弟姊妹們一起跟祖母來這間澡堂。祖母家雖然也有浴室，但她總說更喜歡寬敞的公眾澡堂。

掀起門簾走進去，脫下鞋子放入木頭鞋櫃。牆上貼著寫有「早上七點到九點 晚上五點到十二點」的紙條，墨色還很鮮明。喀啦喀啦拉開鑲嵌毛玻璃的拉門，從櫃檯

❹日本傳統的屋頂建築樣式。

旁走向脫衣間。溫暖的空氣包裹冰涼的身體。坐在櫃檯裡的是個戴眼鏡、滿臉皺紋的老阿婆，用不耐煩的聲音說「歡迎光臨」。記得小時候也是這位阿婆坐在櫃檯裡，她到底幾歲了啊？

脫衣間裡已有差不多五個澡客。從不到十歲的小孩到七十幾歲，各種年齡層的女人在這裡或脫或穿衣服。角落擺著體重計，還有賣飲料的自動販賣機。除了礦泉水、茶與果汁，也有賣果汁牛奶。兒時來澡堂，最期待的就是洗完澡後祖母買給自己的果汁牛奶。和堂兄弟姊妹們咕嘟咕嘟喝下的那甜美滋味記憶猶新。涼子心想，好，等下洗完澡就來喝。

把脫下的衣服放入置物櫃。古早年代的狹長置物櫃，像現在這種寒冷的季節來時，身上又是毛衣又是大衣的，脫下的衣服往往塞得櫃子門都關不緊。拔起門上的鑰匙，用橡皮圈套在手腕上，涼子就和祖母一起帶著毛巾、沐浴乳、洗髮精及潤絲精走進浴場。

牆面的一部分嵌著一個巨大水槽，裡面有好幾隻金魚游來游去。這間澡堂的名字就是這麼來的。

並排坐在水龍頭前，一邊淋浴一邊搓洗身體。朝祖母瞄一眼，她用毛巾擦身體的姿態純真得像個小女孩。忽然勾起了涼子的好奇心，問：「奶奶，妳初戀的人是誰？」

祖母微笑道：

「這個嘛……雖然不算是初戀的人，但有個第一次讓我覺得很帥的對象喔。」

「誰？該不會是爺爺吧？」

「很可惜不是。我認識妳爺爺，是見到那人好多年後的事了。」

「妳見到那個人是什麼時候？」

「十六歲那年，讀女校四年級的時候。」

「那個人是怎樣的人？長怎樣？」

涼子只顧著發問，差點忘了洗身體。祖母緩緩閉上眼睛。

「彷彿從電影裡走出來的人。長得英俊，態度又很謙和。不過，我之所以覺得他很帥，可不是因為外表，而是被他的智慧吸引。那個人的頭腦非常好，沒有人解得開的難題，他一下就破解了喔。」

「奶奶從以前就喜歡頭腦好的人嘛，爺爺也是這樣的人。那麼，妳說的那個人是學校老師嗎？」

「不是，不知道他是何方神聖。因為他無預警地出現，一把問題解決又馬上離開了，連自己叫什麼名字都不提。我也只見過那個人這麼一次。」

「什麼啊，好怪的人喔。那他破解的是什麼難題？」

「那個難題，跟小涼妳的工作也有關係呢。」

「跟我的工作有關係？」

正想問個詳細，忽然傳來一個大嗓門的聲音：「哎呀，這不是小涼嗎？妳是小涼吧？」定睛一看，一個五十多歲的捲髮女性正朝這邊跑來。沒記錯的話，是住祖母家附近的鄰居，說起話來像把機關槍。小時候，每次來祖母家玩，都會遇見這位阿姨。因為她自己沒有小孩，對涼子和堂兄弟姊妹們很是疼愛，經常買糖果點心和果汁給大家。

「真懷念，十年不見了吧？不、應該更久，妳看妳，變得這麼漂亮了。年輕人真好，皮膚光滑柔嫩，和妳比起來……」

被阿姨連珠砲的話語打斷，到最後也沒能聽祖母說完她年輕時的事。

# 3

隔天星期五上午，北區西原三丁目的公寓「濱岡Villa」發現一具他殺屍體。住在一〇三號室的五十六歲男人岸本徹夫遭人槍殺。

事件曝光的開端，是早上十點半警視廳接獲的一通匿名電話。只說完「我殺了住在北區西原公寓『濱岡Villa』一〇三號室的岸本徹夫」，匿名者就掛了電話。從刻意壓低的聲音聽不出是男是女，接電話的通訊司令中心人員雖然半信半疑，還是聯絡了離當地最近的派出所，請巡查前往「濱岡Villa」看看。

巡查騎自行車抵達時，一〇三號室玄關的門上著鎖。按了好幾次電鈴，都沒有人出來應門。繞到公寓後方，發現一〇三號室陽台這側的兩間房間中，從公寓後方看過去，左側的房間窗簾有一絲縫隙，巡查就翻過欄杆進入陽台，從窗簾縫隙間窺看室內狀況，看見一個男人仰躺在地上。想打開窗戶，每個房間窗戶都上了鎖。於是，巡查打破左側房間的落地窗玻璃，伸手進去轉開月牙鎖，把窗戶打開，進入房間發現屍體。死者左胸遭槍擊，看起來死後已經過好幾小時。

十點五十分，警視廳搜查一課第五兇惡犯罪搜查第九小隊的搜查員警們抵達後，立刻在「濱岡Villa」入口拉起封鎖線，請派出所巡查站在門口看守。看熱鬧的群眾很快就包圍了四周。這棟有著時髦外觀的五層樓公寓，房租想必也很可觀。小隊長早瀨警部一馬當先，帶領搜查員警鑽過封鎖線進入公寓大門，最年輕的涼子殿後。

「兇手為什麼要打電話告知自己的犯行啊？」

涼子兀自嘀咕，聽到她這麼說，同事藤本刑警就說：

「大概是希望屍體早點被發現，盡可能準確地推估出死亡時間吧？如果兇手為自己想辦法做了不在場證明，屍體卻被發現得太遲，導致死亡推估時間範圍太大，費心做的不在場證明可能會派不上用場。把窗簾拉開一條縫，也是為了讓巡查看見裡面的情形，確定不是惡作劇電話，進而發現屍體吧？」

「可是，如果希望屍體早點被發現，兇手應該更早打電話才對吧？根據巡查的報告，發現屍體時已是死後好幾個小時的事。兇手無須等到早上十點半，一殺完人馬上打電話不是更好？屍體愈早被發現，推估的死亡時間才愈準確啊。」

「確實如妳所說。」

「兇手打電話告知自己的犯行，或許不是為了讓人早點發現屍體，總覺得好像有其他原因……」

「這就是所謂女人的直覺嗎？」

藤本刑警用調侃的語氣說。涼子不是很高興，這男人動不動就會做出鄙視涼子的發言。

第九小隊的搜查員警們進入一〇三號室。一進門就是廚房與相連的餐廳，再往裡走，左右兩邊各有一間房間，兩間房門都敞開著。左側的房間裡有床和衣櫃，應該是臥室。右邊房間就是陳屍現場。

這是一間約有四坪多的寬敞房間。地上鋪著深紅色的地毯，左側牆邊設置了書櫃和大型保險箱，右側牆上掛了好幾個奴風箏。看來蒐集這種風箏是被害人的嗜好。最後，最靠裡面那面牆則是通往陽台的落地窗。

死者岸本徹夫仰倒在地上。他是個身高不到一百六十五公分的矮小男人，嘴上蓄著山羊鬍，一臉寒酸樣。身穿黑白格紋的毛衣和米色棉質長褲，左胸染成紅褐色，應該就是槍擊造成的傷口吧。

「槍彈貫穿被害人身體往後飛，最後卡在這裡了。」

管轄此地的瀧野川警署搜查員警這麼說著，指向右側牆面。風箏與風箏之間的米色牆壁上，子彈嵌入其中，像個黑色污點。

這時，驗屍官和鑑識科人員進來了，第九小隊的隊員與瀧野川警署員警們就暫時退到走廊上。

「這是用來裝鑰匙的吧？」

回到玄關，警部朝門邊櫃子上的木盤看了一眼。裡面有汽車鑰匙和腳踏車鑰匙，應該是拿來放鑰匙的沒錯。但是，那裡沒有大門鑰匙。兇手大概是從這裡拿走鑰匙，鎖上門後直接帶走了吧。

「固定來為被害人打掃房子的家政婦來了。」

守在一樓大門的巡查上來通知，警部說「帶她上來吧」。跟著巡查上來的，是個年約四十五歲的微胖女人，名叫西川陽子。她說自己隸屬東京派遣婦女會，每星期一、三、五的上午十一點到下午兩點會來做打掃、洗衣和準備午餐等工作。她臉色雖然發青，卻難掩興奮神色，這是一般人碰到殺人事件時常有的反應。

警部安慰她「妳一定嚇到了吧」，接著又問：

「岸本徹夫先生是做什麼工作的？」

「說是自由撰稿人。」

「自由撰稿人？收入住得起這麼高級的公寓，還能雇用像妳這樣的家政婦嗎？」

「我也不知道……不過，他收入優渥這是不會有錯的。雖然是中古車，開的也是賓士。」

「岸本先生有結婚嗎？」

「單身。他說討厭受束縛，連一次也沒結過婚。」

「妳知道有誰怨恨岸本先生嗎？」

「我不知道。」家政婦搖搖頭。

「他有沒有跟人發生糾紛，或是和誰起爭執過？」

「這我也沒聽說。」

「書房牆上裝飾了好幾個奴風箏，是岸本先生的嗜好嗎？」

「對，還有，他好像也很喜歡上澡堂。」

「澡堂？」

「每星期總有一兩天，他會開車到喜歡的大眾澡堂洗澡。那個澡堂在離這裡車程大約五分鐘的地方，叫做『金魚澡堂』。」

聽到「金魚澡堂」的名字，涼子嚇了一跳。原來被害人也常去那間澡堂啊。想像他開賓士上澡堂的樣子，涼子差點忍不住笑出來。

「玄關門旁櫃子上有個木盤，岸本先生好像都把鑰匙放在那裡呢。」

「對，家裡的鑰匙、汽車鑰匙和腳踏車鑰匙，全都放在那。」

西川陽子對雇主的事知道得似乎不太多，繼續問下去也問不出什麼。警部向婦人道謝，就請她先回去了。

「那個……有件事我覺得奇怪。」涼子說。

「什麼？」

「剛才的家政婦，說她總是上午十一點來這裡對吧？」

「是啊，那又怎麼了嗎？」

「這麼說來，如果兇手十點半沒打那通電話，發現屍體的就會是家政婦了。明明家政婦十一點來就會發現屍體，兇手為何要在那之前特地把自己的犯行告知警視廳呢？兇手打電話的時間是十點半，只比家政婦來的時間早三十分鐘。為什麼他不再等三十分鐘，讓家政婦發現屍體就好呢？」

「妳的著眼點很有意思。」

涼子的疑問似乎引起了警部的興趣。

「兇手可能不知道家政婦十一點會來的事啊。」

藤本刑警語氣不大友善，大概是警部稱讚涼子「著眼點很有意思」，讓他不開心了吧。

「也有這個可能。但是，考慮到這是一起事先準備了手槍的計劃性犯罪，兇手應該詳細調查過被害人日常生活的狀況才對。家政婦每星期一三五早上十一點來的事情，兇手知道的可能性很高。這麼說來，為何兇手不把發現屍體的任務交給家政婦就好呢？」

「為什麼兇手不把發現屍體的任務交給家政婦……把這點也拿到搜查會議上討論吧。」

接著，第九小隊的搜查員警們和瀧野川警署的搜查員警們，一起對整棟公寓的住戶進行了例行問話。昨晚到今天早上，有沒有聽到槍聲？有沒有看到可疑人物？也詢問了岸本徹夫平日的為人。

然而，沒有一個住戶聽到槍聲。這棟公寓隔音做得很好，除非聲音真的很大，不然多半聽不到。只要使用滅音器，其他住戶沒聽見槍聲也不是什麼奇怪的事。再者，一〇三號室是邊間，子彈打上的那面牆，正好是整棟建築的外牆，隔壁沒有住戶。因此，就算子彈打上牆壁時產生振動，也無人會察覺。所有住戶都說沒看見可疑人物，也沒有人對被害人平日的為人表示意見。

驗屍與鑑識科人員的調查結束後，涼子等人再度回到陳屍現場。

「死亡推估時間呢？」

早瀨警部問驗屍官。

「大概是昨晚十一點到今天早上兩點之間，傷口只有貫穿左胸的槍傷，幾乎是當場死亡。」

接著，鑑識人員報告：

「取出卡在牆上的子彈做了魯米諾測試，有血跡反應。毫無疑問，這顆就是奪走被害人性命的子彈。被害人身上毛衣的正面驗出許多從槍口迸散的火藥粉末，可見是從極近距離開的槍。」

「可以從子彈看出手槍的種類嗎？」

「七點六二毫米的子彈，大概是托卡列夫手槍吧。八〇年代後中國製的仿製手槍大量透過走私途徑流入日本。」

「保險箱的指紋呢？」

「只有被害人的指紋。」

鄰接保險箱左側的書櫃上，擺滿各式各樣業界內幕爆料書籍、名人錄以及週刊雜誌的過刊。裡面應該刊載了被害人撰寫的文章吧。

書桌上有一台附帶CRT螢幕和鍵盤的機器。沒記錯的話，這東西叫文字處理機。CRT螢幕上映出文字。

「被害人好像用文字處理機寫了什麼。」警部說。

「這是從磁碟片裡叫出的文章，是他自己以前寫的東西。」

瀧野川警署的員警這麼說，似乎已經調查過文字處理機了。

「磁碟片？叫出？什麼意思？我不太熟文字處理機的用法，可否為我說明一下？」

「磁碟片是用來保存文字處理機內容的記錄媒體。操作文字處理機時，先將磁碟片插入磁碟機，再從磁碟片裡叫出想編輯的文章，就會顯示在螢幕上。現在螢幕上顯示的，是一篇標題〈社長在拉斯維加斯擺闊遊樂？一流證券公司驚人內幕〉的文章。這篇文章的編輯日期是今年六月七日，應該是週刊雜誌裡的報導吧。半年前編輯的文章，早就該刊出了才對。叫出這篇文章可能只是想讀，而不是想寫什麼。」

「既然已經刊出了，為什麼不直接讀雜誌就好，還要特地用文字處理機打開檔案來讀。書櫃上不是有週刊雜誌的過刊嗎？」

「可能是被刷掉沒刊出的文章，也可能他手邊剛好沒有刊出這篇文章的過刊。」

「這點也查查看吧。」

接著，警部朝大型保險箱望去。保險箱門敞開，裡面空無一物。

「兇手大概用槍指著被害人，要他打開保險箱，再奪走裡面的東西吧。」

「裡面不知道裝了什麼？」涼子說。

「對兇手來說，不惜犯下殺人罪也要得到的重要東西——我猜可能是勒索的把柄。從被害人過的優渥生活看來，極有可能靠恐嚇勒索取財。當然不是沒有高年收的暢銷撰稿人，但空無一物的保險箱也點出了恐嚇勒索的可能性。被害人因為職業的關係，很容易拿到某些醜聞的把柄，或許用這個來恐嚇勒索了誰吧。支撐優渥生活的就是這筆不義之財。只是，被勒索的人終於忍受不住，用手槍要脅被害人打開保險箱，取回對自己不利的把柄。最後，將被害人射殺……」

「被害人應該是在採訪過程中得到這些醜聞把柄的，想找出被勒索的對象，不妨先調查他曾經做過哪些採訪。」

也對。警部點頭表示同意。

接著，搜查員警們開始找尋作案用的手槍。不過，手槍似乎被兇手帶走，到處都找不到。

同時，負責調查被害人持有物品的藤本刑警則發現奇怪的事。岸本徹夫長褲口袋裡的錢包中，只放了幾張千圓鈔票和一些硬幣，沒有萬圓鈔票也沒有信用卡。

從室內擺設與被害人穿著打扮看來，岸本過著相當富裕的生活。然而，他的錢包裡卻連一張萬圓鈔票或信用卡都沒有，這怎麼看都怪。有可能是兇手偷走的，但如果是那樣，又為何要把錢包放回被害人口袋呢？一般而言，兇手的心理狀態都是想盡快離開犯罪現場，這樣的話，把錢包隨手一丟還比較合理。

進一步搜查結果發現，書桌抽屜裡有五張萬圓鈔票和信用卡。信用卡本來應該是放在錢包裡的東西，岸本徹夫卻拿出來放入抽屜了。只是，他為什麼要這麼做？

# 4

這天下午，搜查小組造訪約聘岸本徹夫的出版社，調查他做了哪些採訪。原來岸本主要負責追查八卦醜聞。只不過，他是個祕密主義者，自己正在追查哪些案件，連對合作夥伴的出版社都不透露。可以預見要從這邊找到岸本恐嚇對象的線索很困難。

另外，在這裡也確定了岸本家中文字處理機上那篇〈社長在拉斯維加斯擺闊遊樂？一流證券公司驚人內幕〉，是今年六月已經刊登在週刊上的文章。這一期刊物，岸本家中書櫃上也有。這麼一來，和早瀨警部推測的不同，岸本並非為了重讀一次這篇文章，而家中又沒有這本刊物，才用文字處理機叫出磁碟片中的存檔。

隔天早上，司法解剖的結果送到搜查總部，證實了關於死亡推估時間和死因，昨天驗屍官的見解無誤。只是，透過司法解剖，也找到昨天遍尋不著的玄關大門鑰匙。

出人意料的，鑰匙竟然在被害人的胃內發現。

要在鎖門之後將鑰匙放入被害人胃內是不可能的事，換句話說，門不是用這把鑰匙鎖上的。那麼，是不是有另外一把鑰匙呢？

搜查小組詢問了「濱岡Villa」的管理公司，是否給了被害人兩把鑰匙，因為按照慣例，一般公寓都會給房客兩把鑰匙。然而，管理公司說，一開始按照慣例拿兩把鑰匙給被害人時，他卻說「一把就夠了」，把另一把退還給管理公司。

於是，搜查小組又問，被害人家玄關大門的鑰匙是否能複製備鑰，得到了否定的答案。管理公司表示，這棟公寓的鑰匙製作特殊，只有原始廠商才能複製備鑰，若房客弄丟了鑰匙，必須聯繫原始廠商才行。假如有申請備鑰，原始廠商一定會留下紀錄，但詢問的結果，並沒有留下這樣的申請紀錄。

換句話說，打從一開始就不是用鑰匙鎖門——唯一的可能，是兇手從屋內轉動門把上的旋鈕鎖的門。然而這麼一來，兇手就得從窗戶出去才行，窗戶卻又從裡面鎖了月牙鎖。這種鎖不可能從外面上鎖。

這麼一來，這次的事件就成為密室殺人事件了。

被害人家玄關門的鑰匙，原本固定放在門旁櫃子上的木盤裡。兇手用手槍威脅被害人吞下鑰匙後將他射殺，之後使用某種方法製造了密室。兇手之所以選擇手槍作為兇器，一方面是為了威脅被害人打開保險箱，另一方面也是為了威脅被害人吞下鑰匙。只是，為什麼要被害人吞下鑰匙？

搜查小組決定再次回到現場，找出製造密室的方法。

兇手是不是先從窗戶出去，再用繩索或細線鎖上窗戶的月牙鎖和門把上的旋鈕呢？可是，窗戶一旦關起，就沒有可容繩鎖或細線穿過的空間了。玄關門的下方設置了高於地面的「門檻石」，門關上後，底部和門檻石完全密合，沒有可容繩索或細線穿過的餘地。

那麼，是不是當派出所巡查前來發現屍體時，兇手其實還躲藏在現場某處，趁隙逃離呢？可是，巡查發現屍體後連一次也沒離開過現場，如果兇手那時離開，巡查一定會發現。

早瀨警部說：

「我知道兇手要被害人吞下鑰匙的理由，也知道為什麼兇手要打匿名電話到警視廳告知犯行了。簡單來說，兇手是要排除其他破解密室的選項。」

「——排除其他破解密室的選項？」

藤本刑警露出不解的表情。

「兇手之所以讓被害人吞下鑰匙，是為了預先排除『兇手用鑰匙鎖上玄關，在屍體被人發現後偷偷將鑰匙放回原位』的密室破解選項。屍體第一發現者驚慌之餘離開現場，躲在暗處的兇手趁機回來悄悄放回鑰匙——這原本可能是破解密室的選項之一。尤其被害人固定將鑰匙放在門旁櫃子上的木盤裡，趁發現屍體的人驚慌離去時偷偷靠近玄關放回鑰匙，對兇手而言可說輕而易舉。

為了不讓人用這個選項破解密室，兇手才會要求被害人吞下鑰匙，預先排除這個選項。畢竟無論如何，誰都無法在發現屍體時把鑰匙放進屍體的胃部，這麼做，可完全排除兇手在屍體被人發現時放回鑰匙的可能性。」

「原來如此……」

「打匿名電話到警視廳告知犯行，也是為了讓警察成為第一發現者，好排除其他破解密室的選項。假如第一個發現屍體的是一般民眾，可能因為太過驚慌而當場逃離，即使沒有逃離現場，也可能不敢用現場的電話報案，必須去跟鄰居借電話。這麼一來，原本躲在屋內某處的兇手，就能利用第一發現者暫離現場的時間離開——這原本也可能是破解密室的選項之一。可是，只要讓警察擔任第一發現者的角色，就不至於因驚慌而逃離。若兇手躲在屋內，想趁此時悄悄離開，一定會被警察發現。

之前水原提出『明明可以讓十一點來的家政婦發現屍體，為什麼要在十點半打匿名電話到警視廳告知犯行』的疑問，現在這個疑問也得到解答了。讓家政婦這種一般民眾擔任第一發現者的角色，很可能因為目擊屍體而驚慌離開，這麼一來，就無法像剛剛說的那樣排除破解密室的選項了。因此，一定要在家政婦抵達之前打電話到警視廳告知犯行，讓警察成為第一發現者才行。打電話的時間之所以遲至十點半，則是為了盡可能模糊死亡預估時間。另一方面，又必須在十一點家政婦來之前，讓警察擔任第一發現者，十點半這個時間就是這麼權衡出來的。」

涼子對早瀨警部的分析感到佩服，不愧是搜查一課的小隊長。

「話說回來，兇手又為何要預先排除破解密室的選項呢？」

「目前還不知道原因為何。兇手可能不願意自己製造的密室被錯誤的方式破解。不過，為什麼會這樣也還不知道。那麼，最重要的是，兇手到底用了何種方法製造密室……既然無法用繩索或細線穿過門窗縫隙上鎖，就表示兇手一定是在離開屋子後，利用屋內某種動力來源上鎖。只有這個可能了。讓我們來找找，有什麼東西能成為動力來源……」

「會不會是文字處理機的列印機能？」

說這句話的是資深的富澤刑事部長。眾人驚訝地望向他，沒想到乍看之下與文字處理機這種新型家電扯不上關係的他，竟然會做出這種發言。

「老富，你很熟文字處理機嗎？」

富澤刑事部長難為情地回答：

「倒也不是很熟，只是我外甥在製造文字處理機的家電廠商工作，先前看到案發現場有文字處理機，我想自己也該做點功課，昨晚就請教了外甥各種關於文字處理機的事。按照我外甥的說法，文字處理機後側有個能將畫面上文章列印出來的裝置。為了在列印時傳送紙張，裝置內有一個送紙轉軸，我猜兇手會不會是用了這個當動力來源？」

「我們來檢查看看。」

警部把臉湊近文字處理機後側。

「……老富，你說對了。送紙轉軸上纏繞著線。」

「真的嗎？」

搜查員警們一一把臉湊上去確認。最年輕的涼子最後一個上前察看。送紙轉軸上，確實纏繞著看似風箏線的東西，應該來自牆上掛的奴風箏吧。

「那麼會不會是這樣呢？讓風箏線從轉軸上往窗簾軌道拉，穿過窗簾軌道和窗框之間的縫隙後垂下，掛在尚未上鎖的月牙鎖扳手上。等文字處理機啟動列印，轉軸轉動，開始捲起風箏線。這麼一來，線就會把扳手往上拉，轉半圈後鎖入鎖扣。」

「如果使用這個方法，窗簾軌道上應該會留下風箏線摩擦過的痕跡喔。」

藤本刑警說著，把書桌下的椅子搬到窗邊，站上去盯著窗簾軌道看。

「……有痕跡，有線摩擦過的痕跡。」

周遭響起搜查員警們的掌聲。

「關於受害者的文字處理機螢幕上為何出現〈社長在拉斯維加斯擺闊遊樂？一流證券公司驚人內幕〉這篇文章的疑惑也可以解除了。原本覺得奇怪，被害人如果只是想讀這篇文章，為何不直接看已出刊的雜誌？其實這根本不是被害人叫出的檔案，而是兇手為了讓送紙轉軸轉動，隨便叫出一篇文章，啟動了列印功能。」

就這樣，密室之謎完全解開了。

「可是，就算這樣還是有未解之謎。」

這麼說著，警部環顧部下。

「兇手為何製造密室，原因還不清楚。一般來說，製造密室為的是做出自殺或意外死亡的假象。可是，這次的案件中，兇手絲毫沒有要將被害人塑造為自殺或意外死亡的意圖。這麼一來，製造密室就毫無意義了。另外，剛才也說過，不知道為什麼兇手這麼抗拒自己製造的密室被錯誤的方式破解……」

隔天，嫌疑人浮上檯面。

一封寄到警視廳的信，令收信窗口臉色大變，迅速將信件轉送到設於瀧野川警署的岸本徹夫命案搜查總部。搜查員警們看見信件內容無不感到震撼，這竟然是一封由被害人本人寄出的信。

——當警視廳收到這封信時，就表示我已被以下三人中的其中一人殺害。

岸本徹夫在信裡寫到自己恐嚇勒索三人，因此事先做了安排，萬一自己遭其中一人殺害，這封信就會被寄到警視廳。岸本大概是預先將信委託給萬事屋之類的人，並與對方約定好，一旦聯絡不上自己時，就把這封信寄出。

信中詳細寫下三人的名字、性別、年齡、職業以及恐嚇內容。

第一個是名叫高木津希的女人。四十七歲，現任都議會議員。住在大田區西六鄉的公寓大樓。

連任兩屆議員的高木津希宣稱自己畢業於美國名校休伯特大學法律系，還擁有紐英蘭州的律師執照。然而，岸本徹夫查出這些經歷都是造假。偽造經歷違反公職選舉法，還會受到刑法追究。岸本拿到過去三十年來休伯特大學的畢業紀念冊與紐英蘭州的律師工會名冊，確定當中完全沒有高木津希的名字。於是以此要脅高木，只要每個月支付十萬圓，岸本就不將這份資料公開。

第二個是名叫城田寬子的女人。五十三歲，是販賣健康器具的城田產業公司社長，住在橫濱市港北區的日吉。

四年前，岸本從曾經擔任城田產業會計師的男人手中，拿到逃稅用的內帳帳簿。在城田寬子命令下，該名會計師製作了多年內帳，用以幫助公司逃漏稅。沒想到，忠誠聽命的他卻被城田寬子出賣，為了報一箭之仇，便將內帳的帳簿交給岸本。儘管會計師很快後悔，想從岸本手中拿回帳簿，岸本卻顧左右而言他，不願交出帳簿。隨後會計師發生車禍死亡，獨佔這個祕密的岸本於是偷偷拿這個把柄勒索城田寬子，要求她每月支付十萬圓。

第三個，是名叫柴山俊朗的男人，六十一歲，是柴山綜合醫院的院長。住在埼玉縣浦和市岸町。

柴山綜合醫院六年前曾發生骨結核菌的院內擴散感染。岸本掌握到住院病患皆有注射類固醇緩解關節神經痛的情形，進而推測院內可能發生因針筒消毒不確實，導致爆發結核菌院內感染。岸本拿著採訪結核病患時，對方證實接受過類固醇注射的錄音，找上柴山俊朗，以不向厚生省及保健所檢舉為交換條件，每個月也從柴山手中勒索十萬圓。

一如搜查小組的推測，這些恐嚇勒索的把柄證據都放在岸本徹夫書房裡的保險箱中。用來勒索高木津希的是拍下休伯特大學畢業生名冊及紐英蘭州律師名冊的微縮膠片，用來勒索城田寬子的是內帳的帳簿，用來勒索柴山俊朗的則是記錄了病患證詞的錄音帶。兇手脅迫被害人打開保險箱後，奪走包括勒索自己在內的三份證據。這也是理所當然的事，如果只拿走用來勒索自己的證據，萬一警方掌握到被勒索者的完整名單，一看就知道兇手是誰了。兇手以為拿走所有證據就可高枕無憂，不料被害人技高一籌，事先安排好自己死亡後寄給警視廳的告發信。

搜查員警們找上三名嫌疑人，一一問話。這天晚上，在瀧野川警署的搜查會議上發表結果。為了提高士氣，還在白板上張貼了暗中拍下的三名嫌疑人的照片。

高木津希是一位身材高挑，五官散發一股知性的女性。從刑警口中聽到偽造經歷的事時，她雖然臉色鐵青，卻堅持自己不認識岸本。案發當天，她說自己晚上九點離開丸之內的都議會辦公室，回到自己家，之後一直都是一個人，十二點過後上床就寢。

城田寬子體格微胖，有一張圓臉，乍看之下給人隨和大嬸的感覺，唯有眼神閃著不容小覷的目光。一聽刑警提到內帳的事，她就像聽見什麼玩笑話似的哈哈大笑，表示自己完全不認識岸本這個人，還說「他跟我們公司是不是有仇，才會說這種謊啊」。案發當天，城田和幾個公司幹部在橫濱中華街吃晚餐，直到晚上十一點多都和眾人待在元町的酒吧。之後十一點四十分左右搭計程車回到家。洗完澡，一點前就寢。和計程車司機確認的結果，城田寬子確實在晚上十一點四十分左右回到家。

柴山俊朗身材矮小。聽刑警提起骨結核的事，立刻氣得面紅耳赤。他說醫院內確實流行過結核病，但那與針筒的消毒毫無關係。當然，他也堅稱自己不認識叫岸本的男人。案發當天，柴山晚間十一點前都在為緊急手術執刀。之後，和護理師們一起做了手術簡報，十二點半左右搭計程車回到自己家。刑警們也同樣向計程車司機確認了這個時間。

三人都單身獨居，他們宣稱獨自在家的時間，也都沒有人能為他們提出證明。換句話說，岸本死亡推估時間的晚間十一點到凌晨兩點，三人不是完全沒有不在場證明，就是只有部分不在場證明。另外，三人自己都有車，即使是深夜，也能開車從自己家前往岸本家。也就是說，三個人都有可能犯案。

# 5

這天晚上九點多，結束瀧野川警署的搜查會議，涼子獨自走在往上中里車站的夜路上。一邊仰望左手邊的平塚神社，一邊沿著下坡路往車站走。路上幾乎沒有其他行人。

兇手為何要製造密室，又是為什麼那麼抗拒密室被用錯誤的方式破解呢。大概因為滿腦子都在思考這些問題吧，察覺背後悄悄靠近的腳步聲時已太遲。感受到來者的氣息時，對方的手已經放在涼子肩膀上。涼子迅速用雙手抓住對方，轉身的同時向上扭轉對方的手臂。

「好痛痛痛痛！」

熟悉的聲音發出哀號。涼子放開雙手。

「搞什麼，是藤本哥啊，我還以為是癡漢。」

「二話不說就扭人手臂也太過分了吧。」

「誰教你什麼話都不說就把手放人家肩膀上啊。」

「抱歉啦，我原本想嚇妳一下。」

「你是小學生嗎？然後呢？有什麼事？今天已經下班了，我可沒必要跟合不來的同事鬥嘴喔。」

涼子這麼一說，藤本刑警竟然害羞起來了，真不像他。

「不是啦，其實這附近有間好吃的義大利餐廳。今天在瀧野川警署吃的外送便當好難吃，要不要一起去那間餐廳吃個甜點，把難吃的便當味洗掉。」

涼子盯著藤本打量。街燈下，看得出那張粗獷的臉漲得通紅，真不知道今天吹的是什麼風。涼子微笑說：

「可以啊，帶我去吧。」

藤本刑警帶涼子去的，是一間叫「Trattoria Chizuru」的小餐館。打開門，身穿服務生制服的老婦人說「歡迎光臨」。老婦人有著清瘦的身形，散發優雅的氣質，年輕時一定是個美人。店裡沒有其他客人，吧檯內的廚房裡，穿白衣的中年廚師正在擦盤子。

涼子和藤本刑警找了一張餐桌坐下。

「這間店不只義大利麵好吃，甜點也很在行。以前我一直瞧不起愛吃甜食的人，但這裡的甜點改變了我的想法，我今天要吃烤布蕾配義式濃縮咖啡，妳呢？」

「跟你一樣的。」

藤本跟老婦人點餐。她微微一笑，將點餐內容傳達給廚師。

過了一會兒，老婦人端上烤布蕾和義式濃縮咖啡。烤布蕾表面有著噴槍炙燒過的焦糖，用叉子叉一塊送入口中，再啜飲一口濃縮咖啡，感覺整天下來的疲倦都融化了。

「沒想到甜食也能這麼好吃。妳以前吃過這個嗎？」

「有啊，我很愛吃這個，小時候只要去祖母家玩，她都會做給我吃。」

「妳祖母的興趣是做甜點嗎？」

「這裡就是我祖母家。」

「——欸？」

「這間店是我祖母經營的。『Trattoria Chizuru』的Chizuru就是她的名字。站在那裡的是我祖母，廚房裡的是我叔叔。」

藤本刑警一臉懵懂，望向穿服務生制服的老婦人——涼子的祖母。祖母對藤本刑警微笑，低頭致意。藤本粗獷的臉又漲紅了，急忙低頭回禮。廚房裡的叔叔笑咪咪地看著這一幕。

「抱歉嚇到你了。你帶我來這裡時，沒馬上說明是我的錯。可是，我想聽聽藤本哥對這間店的評價，所以才刻意保持沉默。聽到你稱讚我們的義大利麵和甜點，真的很高興喔。」

聽到涼子這麼說，藤本刑警的臉更紅了。

這時，餐廳門打了開來，走進一個身材修長的男人。年紀約莫三十上下，走路腳不離地，像用滑的似的走過店內。以為他會在其他座位上坐下，男人卻走到涼子和藤本這張桌邊來。

「抱歉打擾兩位用餐。兩位是警視廳搜查一課的水原涼子巡查及藤本剛志巡查嗎？」

「——是我們沒錯，你又是誰？」

涼子抬頭看男人。高挺的鼻梁、端正的五官，還有一雙形狀細長、目光清澈的眼睛。

「失禮了，在下密室蒐集家。」

「——密室蒐集家？」

之前曾從前輩刑警口中聽過這個名號。只要發生所謂密室殺人事件，就會從不知何處現身並解決事件的謎樣人物。只是，涼子身邊沒有真正見過他的刑警，一直以為這只是警察內部的傳說或玩笑話。沒想到，這個男人就是密室蒐集家嗎？的確，他的外表和傳聞中的密室蒐集家特徵相符……

涼子與藤本困惑地面面相覷。朝祖母和叔叔望去，叔叔看似一頭霧水，祖母卻不知為何睜大了眼睛，凝視那個自稱密室蒐集家的男人。

「兩位正在搜查發生於北區西原公寓裡的密室殺人事件吧？能否跟我說說這件事呢？」

「你怎麼會知道我們的名字？」

該不會是搜查小組裡誰的惡作劇吧。

「因為我是密室蒐集家。」

男人給了完全不成答案的答案。

「有什麼證據能證明你就是密室蒐集家本人？」

「沒有肉眼可見的有形證據。足以證明我是密室蒐集家本人的，只有我解決密室事件的能力。所以，為了證明我就是密室蒐集家，必須請兩位先告訴我事件的內容。」

「要我們告訴你事件的內容，必須請你先證明自己就是密室蒐集家。」

這樣根本沒完沒了。

「只能請你們相信我，拜託了。」

這麼說著，男人深深低下頭。涼子問藤本「你覺得呢？」藤本盤起雙手回答：

「……他看起來不像在說謊，也不像在演戲。應該可以相信他吧。」

被藤本這麼一說，涼子也下定決心了。「好吧，那就告訴你」，接著，便將目前為止的搜查內容告訴眼前的男人。

「……就是這樣，雖然還無法鎖定兇手，但已經過濾出三個嫌疑人了。至於密室的問題，甚至不用你出馬，我們搜查小組也已經破解。」

「原來如此，不愧是搜查一課。只是，即使已經知道密室是怎麼製造出來，卻還不知道兇手為何製造密室吧？」

「確實是這樣沒錯……」

「只要是關於密室的謎題，加以解決就是我的使命。」

「你知道兇手為何製造密室了嗎？」

「現在還不知道，接下來就打算來思考這個——可以跟你們同席嗎？」

「請。」

密室蒐集家無聲入座，向祖母點了義式濃縮咖啡。祖母那張氣質優雅的臉上，浮現難以壓抑的驚訝神色。她到底是怎麼了？

「當兇手刻意製造密室時，通常可以想到的原因有八種。」

密室蒐集家以和緩的語氣開始說明。

「八種？這麼多？」

「第一種，是為了偽裝成自殺或意外死亡。只要案發現場找不到兇手出入的痕跡，就會被判定為自殺或意外死亡，而不是他殺。」

「可是……」

「是的，如果要偽裝成自殺，就應該讓這次的被害人握住手槍。可是，兇手把手槍帶走，並未試圖佈置自殺的假象，也沒有偽裝成意外死亡。由此可知，第一種原因已可推翻。

第二種原因，是為了把嫌疑轉移到其他可能進出密室的人，或是和被害人一起待在密室中的人身上。比方說，將案發現場上鎖，持有鑰匙的又只有一個人，這個人就會成為唯一能進出案發現場的人，產生殺人嫌疑。又或者，上鎖的犯罪現場中除了被害人，還有另一個人在，這個人也會被視為有犯案可能的嫌疑人。」

「可是……」

「沒錯，被害人並未將玄關大門的鑰匙交給任何人，沒有其他人能進出這間密室。此外，案發現場除了被害人之外再無其他人。所以，第二種原因也可以推翻了。

第三種原因，製造密室是為了妨礙犯罪證據成立。只要密室之謎解不開，警方就無法逮捕兇手。

在這次事件中，兇手似乎事前排除了其他破解密室的選項。假設警方用其他選項的方法破解了密室，就算那與實際情況不符，依然能當作犯罪證據進而逮捕兇手。這麼說來，兇手想排除所有破解密室的選項似乎也是理所當然的事。從這個角度看，第三種原因似乎就是正確答案了。

然而，老實說，這次的密室，稱不上足以妨礙犯罪證據成立的滴水不漏密室。實際上，警方也已經輕鬆破解了密室機關。就這點來說，第三種原因也必須推翻。當然，或許可以說兇手自己對密室很有自信，認為這種程度的密室已經足以妨礙犯罪證據成立。可是，從事先排除其他破解選項來看，兇手堪稱思考縝密周全，我怎麼想都不認為，這樣的人無法客觀判斷這次的密室難以妨礙犯罪證據成立。」

祖母送上義式濃縮咖啡。密室蒐集家向她道謝，以優雅的姿態將杯子送到唇邊。

「第四種原因，是為了延遲被害人屍體被發現的時間。只要製造出密室，令人無法進入現場，屍體就會延後被發現。對製造這種密室的兇手來說，屍體太早被發現可能會造成某種困擾。

但是，如果只是要製造令人無法進入的密室，只要上鎖就好，不需要動用複雜麻煩的機關來上鎖。由此可知，這個原因也可以先推翻。

第五種原因，是為了讓人誤以為密室現場就是犯案現場。當現場形成密室，其中又躺著一具他殺屍體，警方多半會認為兇手在此犯案。可是，兇手實際上可能在其他地方下手殺害被害人，再搬到密室現場。在某種情況下，這種令警方誤判犯罪現場的做法，對兇手可能有某種好處。」

「不過，這起事件中貫穿被害人左胸的槍彈嵌入現場牆壁了喔。可見犯案現場就在被害人家中無誤。」

藤本刑警從旁插口。

「是的。所以，這個原因也可以推翻。

第六種原因，是想試試看自己想出的密室機關有沒有用。這種出於兇手自我表現欲與虛榮心的類型，堪稱為製造而製造的密室。」

涼子聽得目瞪口呆。

「再怎麼樣也不會有為了這種原因殺人的人吧？」

「不是為了製造密室而殺人，殺人出於其他動機，只是心想反正都要殺人，不如也試試自己想出的密室創意吧，是這個意思。

不過，本次事件的兇手連破解密室的其他選項都想得到，可見具有一定程度的密室知識。既然如此，兇手一定也心知肚明，這次事件中的密室機關非常平凡。若是相當奇特的密室機關也就罷了，我不認為一個想嘗試密室創意的兇手，會特地製造出如此平凡的密室。因此，這個原因也可以推翻。

第七種原因，是為了隱藏真正的密室。」

「隱藏真正的密室？我聽不懂這話的意思。」

密室蒐集家的說明，愈來愈進入偏門的領域。

「舉例來說，假設有一個人在門窗都上鎖，呈現密室狀態的房間裡自殺了。之後，包括犯人在內的複數人來到這個房間，破門而入發現屍體。犯人為了保險金之類的原因，不能讓人知道死者的死因是自殺。然而，看到現場的密室狀態，任誰都能馬上導出死者自殺的推論。於是，犯人趁其他發現者離開去報警時，用針線等工具在門或窗戶上製造上鎖的機關，並刻意留下痕跡。這麼一來，當警方前來搜查時，將會發現機關的痕跡，誤以為發現遺體者抵達時的現場，是兇手利用針線等工具製造的密室。就像這樣，用事後製造的密室，隱藏了現場實際上沒有使用任何機關的真正密室——換句話說，掩飾了死者自殺的事實。在這樣的案例中，真正的密室指的是自殺或意外死亡。為了掩飾這個，另外製造出偽裝的密室。」

「原來如此，我聽懂了。可是，這次的事件中，被害人明顯為他殺，既不是自殺也不是意外死亡。因此，現場不可能有『真正的密室』吧。」

「正如您所說。這個原因也可以推翻。」

「那麼，最後——製造密室的第八種原因是什麼？」

「第八種原因，製造密室時伴隨的某種行為，才是兇手真正的目的。因為只做出那種行為很不自然，於是製造出包含那種行為在內的密室，也就是一種障眼法。」

「咦？這個我也聽不太懂。」

「以這次的事件來舉例，說不定在文字處理機的送紙轉軸上纏繞風箏線才是兇手真正的目的。可是，只做這件事顯得太不自然，因此用包含這行為在內的機關製造出密室，達到障眼法的目的。」

「在送紙轉軸上纏繞風箏線才是兇手真正的目的？為什麼兇手會想做這種事啊？」

「不、充其量只是舉例，並不是說這件事是這起事件中兇手的真正目的。截至目前為止，還不知道兇手真正的目的是掩飾何種行為。只是，八種製造密室的原因中，第八種原因肯定能夠套用在這次事件上。」

# 6

「恕我失禮，您是否忘了第九種原因呢？」

突然聽見祖母的聲音，涼子嚇了一大跳。抬頭一看，本來在廚房裡收拾的祖母，不知何時走了過來。

「非常抱歉，不是故意要偷聽客人您說的話，只是在廚房時，聲音傳入耳朵，因為內容很有意思，忍不住想插嘴說幾句……」

「沒有關係，請問第九種原因是什麼呢？」

密室蒐集家疑惑地問，祖母露出柔和的微笑：

「那原因就是，想引出客人您——密室蒐集家。只要發生密室事件，密室蒐集家先生一定會出現解謎。兇手之所以製造密室，或許是因為想見密室蒐集家一面。」

「——想見我一面？」

密室蒐集家臉上滿是驚訝——沒想到他也會出現這種神情。

「為什麼想見我呢？我並不是值得一見的對象呀。」

「不，我認為有很多人想見您，例如我，就是其中之一。」

涼子聽得瞠目結舌。

「欸？為什麼奶奶會想見密室蒐集家呢？奶奶您應該不知道密室蒐集家的事吧？」

密室蒐集家凝視祖母，端正的五官浮現溫暖的笑容。

「我想起來了。您是那時候的——昭和十二年京都柳園高等女學校發生了一起密室殺人事件，您就是那時目擊事件的女學生，鮎田千鶴小姐。」

祖母紅了臉。那一瞬間，羞赧的祖母看起來簡直就像小女孩。

「——是的，您還記得啊。我都已經這把年紀了，您看起來還是一點也沒變……」

「咦？這是怎麼回事？奶奶以前見過密室蒐集家嗎？」

「是啊。距今四十八年前，昭和十二年的事了。在我就讀的女學校，發生了音樂老師被殺害於密室之中的事件。當時密室蒐集家先生一出現，事件就迅速解決了。」

四十八年前，算算祖母才十六歲。涼子腦中閃過前些日子在「金魚澡堂」與祖母的對話。祖母說，她有生以來第一個覺得帥的對象，是十六歲那時遇到的人。還說那個人頭腦很好，一下子就把誰都解不開的難題解開了。她說的那個人，原來是密室蒐集家啊。

接著，涼子不由得一陣愕然。曾在昭和十二年解決過事件的密室蒐集家，今年就算已經超過七十歲也不奇怪。可是，他的外表怎麼看都只有三十歲左右。

「那起事件和這次的事件一樣，兇器都是手槍，也都是『上了鎖的密室』。這麼說起來，指揮那起事件的是您的舅舅，他最近好嗎？」

「他在昭和四十五年，大阪萬博那年過世了。舅舅在警界服務到昭和二十七年，最後以堀川警察署長的身分退休。他一直很懷念您，總說很想再見您一面呢。」

「這樣啊，已經過世了……他是一位對我付出信任的好人，沒能再見一次面真遺憾。」

祖母的舅舅也是警察的事，涼子之前也聽說過。記得小時候還曾見過他幾次面，是位隨性豁達，和藹可親的長輩。記憶中，他看到自己時，難掩驚嘆地說「妳長得跟千鶴小時候真是一模一樣」。雖然涼子當上警察時他已經過世，從兩人都選擇當警察這件事上，還是能感到不可思議的緣分。原來那位長輩以前也曾見過密室蒐集家啊。

祖母看著密室蒐集家說：

「關於第九種原因，您怎麼看呢？比方說，有個像我這樣的人，為了想再見您一次面，刻意做出了能吸引您現身的密室？」

「什麼『像我這樣的人』，別這麼說嘛，奶奶，講得好像妳是兇手一樣。」

「哎呀，說不定就是呢。」

祖母促狹地笑著回應。涼子傻眼地想，別在這種地方發揮少根筋的本領啊。連藤本刑警都聽得發愣了。

密室蒐集家微微一笑：

「可惜的是，第九種原因也必須要推翻了。這次的密室機關非常平凡，在我來之前警方就已經破解。這麼一來，我也沒有理由現身。如果兇手的目的是想吸引我，至少會用在我出現之前警方無法破解的艱深機關製造密室。既然能夠事先排除其他破解密室的選項，可見兇手具備某種程度的密室知識。這次的密室極為平凡又容易破解，這點兇手自己應該非常清楚才是。」

「可是，實際上，儘管警方已經破解密室機關，你還是來了，不是嗎？」

藤本刑警從旁插口。

「警方解開的，是如何製造密室的謎團。『兇手為何製造密室』的謎團依然存在。只要有與密室相關的難解謎團，我就會出現。但是，我在只有『為何製造密室』的謎團時也會現身的事，兇手不該料想得到。如果兇手為了吸引我出現，一定會將密室機關之謎設計得更難破解才對。然而，現實狀況並非如此。承上，第九種原因也可以推翻。

到最後，留下的只有第八種原因——製造密室時伴隨的某種行為，才是兇手真正的目的。那麼，兇手真正的目的又是什麼呢？這就是我接下來要揣摩的事。」

「哎呀，我的說法被推翻了呢。真可惜。」

祖母不慌不忙地說著。密室蒐集家露出微笑，繼續發表他的看法：

「我特別在意的，是製作密室時，實際上使用的機關太簡單。把細線勾在月牙鎖的扳手上，利用文字處理機列印功能的送紙轉軸捲動細線，拉動扳手鎖上月牙鎖——這是非常平凡的機關，唯一嶄新的創意，可能只有使用了文字處理機這一點。這不是不惜事先排除其他破解選項也要向警方挑戰的困難密室。一般而言，會預先排除其他破解選項，說明兇手對自己設下的機關擁有絕對的自信，認定不會被警方破解，才會先將其他能輕易解開密室謎團的選項先行排除。然而，這次兇手使用的密室機關，難度和其他選項沒什麼兩樣。兇手為什麼要為了這種平凡的機關花時間心力預先排除其他破解選項呢？

兇手做了兩件事來排除其他破解選項。第一，是威脅被害人，要他吞下鑰匙；第二，是安排警察成為遺體的第一發現者。第二點姑且不論，第一點做起來很費工夫。為了讓被害人吞下鑰匙，兇手必須拿槍威脅，還得打開被害人的嘴巴確認是不是真的把鑰匙吞了下去。被害人未必會老實吞下鑰匙，在被害人確實吞下鑰匙之前，可能得花上相當長的僵持時間。

實際製造密室使用的機關那麼粗糙，卻做出這麼麻煩的事情來排除其他破解選項，就我看來是非常不自然的一件事。

再者，仔細比較兇手為了排除其他選項而做的兩件事，會發現兩者起了重複的作用。」

「起了重複的作用？」

涼子不解地歪了歪頭。

「兇手預先排除的第一個選項——使用鑰匙上鎖後，趁屍體的第一發現者驚慌逃離現場時，偷偷把鑰匙放回去。為了排除這個選項，兇手要被害人吞下鑰匙，這就是前面所說的，兇手為了排除其他破解選項而做的第一件事。

兇手預先排除的第二個選項——犯案後躲在現場，趁屍體的第一發現者驚慌逃離現場時，自己也偷偷離開。為了排除這個選項，兇手安排即使發現屍體也不會驚慌逃離的警察作為第一發現者。這是兇手為排除其他破解選項而做的第二件事。

做第二件事的前提是，警察會一直留在現場。只要警察一直留在現場，兇手想偷偷放回鑰匙也是不可能的事。換句話說，只要安排警察為第一發現者，連第一種選項裡的『兇手偷偷放回鑰匙』也自動被推翻。這代表，兇手其實只要做第二件事，根本沒必要特地做第一件事。」

「……這麼說來好像是耶。」

「從以上說明可知，兇手為了排除其他選項而做的第一件事不但費工夫，不自然，而且還沒必要。那麼，兇手為什麼非做這件事不可呢？

思考到這裡，我決定反過來想。既然第一件事沒必要做，是不是也可以假設兇手根本從頭到尾就沒做過這件事？」

「──兇手根本從頭到尾就沒做過第一件事？」

「是的。各位不妨想想，兇手實際上或許根本沒有要脅被害人吞下鑰匙。」

「這樣的話，鑰匙為什麼會在被害人胃裡呢？」

「既然不是兇手要脅被害人吞下，那就是被害人自己吞下去的了。」

「──被害人自己吞下去的？為什麼要這麼做……」

「唯一能想到的只有一個可能。那就是，被害人想藉此揭穿兇手——也就是俗稱的死前留言。」

「——死前留言？」

「兇手拿槍指著被害人時，為了指出兇手的身分，被害人在倉促之間吞下鑰匙。被害人大概認為，只要司法解剖在自己胃部發現鑰匙，警方就會立刻察覺被害人是為了揭穿兇手才吞下鑰匙，進而鎖定真兇。兇手當下一定馬上就明白被害人的意圖，卻已無法停止犯案。因為，只要一停手，被害人馬上會朝警局飛奔。所以，兇手明知被害人吞下足以指認自己的鑰匙，還是不得不扣下扳機。

之後，兇手開始思考如何處理留在被害人胃裡的死前留言。當然無法把手伸進死者胃部拿出鑰匙，也不可能剖開死者肚子拿出鑰匙。

兇手想出的辦法，就是將現場佈置成密室。透過這個行為，讓警方以為兇手命令被害人吞下鑰匙，目的是排除『兇手用鑰匙鎖門後，趁屍體第一發現者驚慌逃離時悄悄將鑰匙放回現場』的選項。吞下鑰匙原本是一種死前留言，兇手卻賦予這件事『排除其他密室破解選項』的定義，藉此隱藏這個死前留言。

為了讓『兇手想排除其他密室破解選項』的虛構情節更具真實性，選項最好不止一個。於是，兇手打了匿名電話到警視廳宣告犯行，讓警察以為這麼做是為了排除另外一個選項——『兇手犯案後躲在現場，趁發現屍體的人驚慌逃離時，自己也悄悄離開。』

兇手真正的目的，在於製造密室時伴隨的『排除其他破解選項』行為。換句話說，正符合製造密室的第八種原因。」

「那麼，被害人的死前留言揭穿的兇手是誰呢？吞下鑰匙這件事能夠指認什麼人？」

「死前留言是一種多義性的東西，可以荒謬牽強，也可以有一定邏輯，解釋的方法太多了。只憑對死前留言的解釋來鎖定兇手，就像在鬆散的土壤上不打地基就蓋起房子。因此，我決定暫且不去管死前留言的意義，直接進行推理。根據推理結果鎖定一個兇手後，再來確認死前留言是否指出這個人的名字吧。

那麼，被害人在槍口對準自己之際，不假思索吞下了鑰匙。這個時候，鑰匙在哪裡？鑰匙在被害人平日放鑰匙的地方——玄關大門旁櫃子上的木盤中嗎？

如果是這樣，被害人就得在槍口下往玄關移動，拿起鑰匙。然而，兇手不可能允許被害人這麼做。當被害人做出兇手預期外的行動時，兇手必定會加以制止，被害人將無法順利取得鑰匙。

既然如此，當槍口對準被害人之際，或許鑰匙已經在被害人手上了。正因如此，即使槍口下的被害人吞下鑰匙，兇手也來不及制止。」

「──已經在被害人手上？」

「對。試想，在什麼狀況下，人們會把鑰匙拿在手上？平常在自己家裡時，不會拿著鑰匙走來走去吧。

能想到的只有兩種可能。一是被害人正要外出，二是被害人正從外面回來。這種時候，鑰匙才會拿在手上。

假設正要外出，就是被害人手拿鑰匙打開大門時，兇手正好到來，並朝被害人舉起手槍。

另一方面，若是正從外面回來，就是兇手與被害人同時進入玄關，在玄關朝被害人舉起手槍。如果不是同時的話，被害人應該在兇手對著自己舉起手槍前，就把鑰匙放回固定放鑰匙的木盤了。

那麼，事實是這兩種可能性中的哪一種呢？

以後者的可能性來說，會產生一個疑問，那就是，兇手為何一進玄關就朝被害人舉起手槍？等被害人走進廚房邊的餐廳，背對自己時再舉起手槍，對兇手而言不是更容易嗎？比起被害人正面對著自己，被害人背對自己時，毋寧是更好的舉槍時機。換句話說，兇手沒理由一進玄關就慌慌張張地舉起手槍。既然兇手並非一進屋就舉起手槍，那麼就是在被害人將鑰匙放入玄關旁櫃子上的木盤，走進廚房旁的餐廳後，兇手才朝被害人舉起了手槍。這時，鑰匙已經不在被害人手上了。換句話說，被害人無法吞下鑰匙。

另一方面，以前者的可能性來說，當時被害人正打算外出，兇手為了制止，站在玄關就舉起手槍也很合理。兇手來之前已經下定殺害被害人的決心，要是被害人此時外出，殺害行動就必須延期，這是兇手不樂見的事。

由此可知，我認為前者才是正確的狀況——被害人手拿鑰匙開門正要外出時，兇手來了，為了制止被害人外出，站在玄關舉起手槍。」

涼子等人聽得一臉茫然。密室蒐集家就像從帽子裡變出兔子的魔術師，從沒人想像得到的地方做出沒人想像得到的推理。

「那麼，被害人當時要去哪裡呢？在此想請各位注意的，是他的穿著。被害人穿著毛衣和棉質長褲，沒有穿大衣外套或夾克。十二月的夜晚，怎麼會只穿毛衣外出呢？」

「會不會遭射殺時身上穿著大衣或夾克，後來被兇手脫掉了？」

「不會。因為被害人毛衣正面沾有大量從槍口飛散的火藥粉末。要是遭射殺時還穿著大衣或夾克，火藥粉末應該沾在那上面才對。不可能大量留在毛衣上。」

「喔，也對……」

「十二月的夜晚，被害人只穿毛衣就要外出。由此可知，他是要駕駛開了暖氣的汽車，去一個溫暖的地方。」

「——溫暖的地方？哪裡啊？」

密室蒐集家微笑回答：

「澡堂啊。」

「——澡堂？」

「對。聽說被害人喜歡上澡堂，經常去從自家開車五分鐘可到的『金魚澡堂』。如果只是上澡堂，不穿大衣或夾克之類的衣物也合理。澡堂內很溫暖，只要開車過去，就不需要穿大衣或夾克了。更何況，到了澡堂得把衣物都放入置物櫃，大衣或夾克這種衣服太佔空間。」

涼子想起「金魚澡堂」狹窄的置物櫃。

「還有另外一件事，也能輔助說明被害人要去的地方是澡堂。被害人褲袋裡的錢包只放了幾張千圓鈔票和零錢。明明過著優渥的生活，錢包裡卻連一萬圓鈔票和信用卡都沒有，這是很奇怪的事。同時，被害人書桌抽屜裡，則有五張一萬圓紙鈔和信用卡。雖然可以猜測是被害人自己放進去的，卻不知道他為何這麼做。

但是，如果被害人正要去的地方是澡堂，就能明白他把萬圓紙鈔和信用卡放進抽屜的理由。入浴時，錢包和衣服得一起放進澡堂置物櫃，但置物櫃的鎖通常陽春，輕易就能打開。被害人擔心錢財被偷，所以只在錢包裡放了最低限度的金錢。」

「原來如此，若說被害人正要去澡堂，錢包的事就不難理解了。可是，被害人要去澡堂的事，和命案本身有什麼關係嗎？」

「『金魚澡堂』幾點打烊呢？」

「晚上十二點。」涼子回答。

「從被害人家開車到『金魚澡堂』要花五分鐘。假設在澡堂裡至少待上二十分鐘，最晚要比『金魚澡堂』打烊的十二點早二十五分鐘出發——換句話說，被害人必須在十一點三十五分前出門。前面說過，兇手是在被害人正要出門時到的，所以兇手到被害人家的時間一定早於十一點三十五分。被害人的死亡推估時間是十一點之後，這麼一來，犯案時間就能縮小在十一點到十一點三十五分之間了。三名嫌疑人中，這段時間內沒有不在場證明的人，就是兇手。

城田寬子和公司幹部在酒吧待到十一點多，之後搭計程車回家，到家的時間是十一點四十分。公司幹部和計程車司機也證實了她十一點四十分以前的不在場證明。

柴山俊朗因為臨時有手術，十一點前都在手術房執刀，之後又和護理師們進行了手術簡報才搭計程車回家，到自己家是十二點半的事。十二點半之前的不在場證明也已獲得確認。

相較於其他兩人，高木津希晚上九點從都議會辦公室回家，之後的時間一直單獨度過。兇手犯案的時段，她也沒有不在場證明。由此可知，她就是兇手。

高木津希應該是在晚間十一點至十一點三十五分之間造訪被害人家。當時被害人正帶著毛巾等東西，打算上澡堂洗澡，他大概對高木津希說了『我現在要外出，妳明天再來吧』之類的話。但是，已下定殺人決心的高木津希不願拖延，就朝被害人舉起手槍，脅迫對方回到屋內。之後，要被害人打開保險箱，搶走用來恐嚇勒索的物證。被害人感受到性命威脅，為了指出殺害自己的兇手是誰，靈機一動將手邊的鑰匙吞下。高木津希雖然知道被害人這麼做的原因，卻已無法停止行兇，只能按照計畫射殺被害人。

之後，她開始為掩飾事實動手腳。首先，將被害人的毛巾等洗澡用的物品放回原位，再把汽車鑰匙放回玄關旁櫃子上的木盤裡，抹消被害人正要出門上澡堂的事實。這是因為，要是被害人打算去澡堂的事曝光，死亡推估時間就能過濾得更準確。由於她沒有為自己安排不在場證明，必須盡可能拉長死亡推估時間的範圍。

接著，為了化解被害人的死前留言，她利用文字處理機的送紙轉軸和風箏線製造密室。這個密室機關雖然非常平凡，但也有另外一個好處，那就是營造出被害人死前正在使用文字處理機的假象，加強掩飾被害人正要上澡堂的事實。

最後，她在隔天早上十點半打匿名電話到警視廳告知犯行。用意是做出『兇手想排除其他密室破解選項』的偽裝。」

涼子、藤本刑警、祖母和叔叔四人情不自禁拍手。密室蒐集家在追查密室製造原因的過程中，也漂亮地鎖定了兇手。

祖母感慨萬千地說：

「自從昭和十二年那起事件中聽了您的推理，這四十八年來，我一直希望能再聽您推理一次。漫長的等待是值得的，真是非常精采的推理。」

密室蒐集家深深低下頭。

「非常感謝您。」

這時，涼子想起還有一個疑問。

「可是，為什麼把鑰匙吞進胃裡就能指認高木津希呢？」

密室蒐集家微笑回答：

「請試著把『鑰匙』放進『胃』這個字裡看看。」

「——欸？放進去，怎麼放啊？」

「拆解『胃』這個字，可以得到『田』與『月』。請把『鍵』這個字放進這兩個字之間，如此一來，應該會看見兇手的名字。」❺

涼子在腦中按照指示描繪，忍不住發出驚呼。

「田」「鍵」「月」——高木津希。❻

❺日文鑰匙的漢字寫為「鍵」。

❻田、鍵、月三字的發音分別是TA、KAGI、TSUKI，高木津希的發音則是TAKAGI TSUKI。

# 佳也子的屋頂積了雪

二〇〇一年

# 1

醒來時，看見白色的天花板。

溫暖的毛毯蓋到胸口，後腦感覺得到柔軟的枕頭。

佳也子用手慢慢撐起身體，發現自己穿著睡衣。

這是一間大約三坪大的房間。牆上貼著白色壁紙，地上一樣貼著白色地磚。室內有床、床邊桌、椅子和冰箱。角落牆上有空調，正送出溫暖的風。

床邊桌上，放著佳也子的手提包和疊好的衣服。佳也子從床上探身，朝手提包伸長手。拿出手機打開來看，時間是一月三日上午七點三分。

心想，這裡是哪裡呢？最後的記憶停留於元旦傍晚，自己在那座樹林裡打算吃安眠藥自殺。記得當時天寒地凍，記得那片染成橘色的黃昏天空，還有自己空洞的心。

佳也子穿上放在地上的拖鞋，走向窗邊。大概因為一直昏睡的緣故，腳步有些踉蹌。將白色窗簾往左右兩邊拉開，用手擦拭蒙上一層水霧的窗玻璃，映入眼簾的是有著黑色土壤的庭院。一條鋪了碎石的小徑通往一道鐵門，門外是一條二線車道。再過去是冬季乾枯的樹林，樹林後方則是山頂積雪的高聳群山。沉重的天空一片陰鬱深灰。山的形狀對佳也子來說並不陌生。元旦那天最後看見的也是這片山。看來，這裡離自己試圖自殺的那座樹林不遠。

聽見開門聲，佳也子轉過頭。一個看上去年約三十五歲的女人走進房間。女人個子不高，身材纖瘦，穿著奶油色的毛衣和黑白格紋的裙子，頭髮綁在腦後。

「妳醒來啦。早啊。」

「——早安。請問，這裡是……」

「是我家兼我開的醫院。」

原來如此，佳也子心想。原來這裡是病房。

「這間醫院叫香坂內科，我是院長香坂典子。說是院長，醫生也就只有我一個人啦。」

「為什麼我會在這裡……」

「昨天差不多中午時，我在附近林子裡散步，發現昏迷的妳倒在落葉上。瞬間以為是死了，仔細檢查發現還在呼吸，就急忙把妳搬到這裡來。幸好，現在院內沒有住院病患，病房也空著。妳昨天睡了一整天，今天才醒來，都已經是一月三日了——別起身，躺回床上。妳還沒完全康復。」

「啊、是。」

佳也子按照醫生囑咐，躺回床上，蓋上毛毯。

「妳什麼時候吃下安眠藥的？」

「元旦傍晚。」

「元旦傍晚？從前天傍晚睡到今天早上，可見吃的分量不少喔。要是量再多一點，或是我發現得再晚一點，現在妳可能已經沒命了。」

「沒命了……」

佳也子喃喃低語。沒死成的後悔與差點死掉的恐懼，兩者都沒有湧現心頭。佔據內心的，依然只有空洞。

「妳叫什麼名字？」

「笹野佳也子。」

「幾歲了？」

「二十五歲。」

「從哪裡來的？」

「東京。」

「這麼冷的季節，專程從東京到這種鄉下地方來？」

「對……」

「為什麼要吃安眠藥呢？」

佳也子沒有回答。

——不能讓我兒子跟妳結婚。

伴隨著刺痛內心的悲傷，那聲音在腦中復甦。

——因為，妳爸爸是……

「抱歉，不想說的話，不說也沒關係。」

「——不好意思。那個……謝謝您救了我。」

「不需要道謝，我是醫生，救人是理所當然的事。」

說這話的女醫生表情太耀眼，佳也子忍不住朝窗外轉移視線。這時，翩翩飛舞的白色物體映入眼簾。眼看數量愈來愈多，漸漸將四周染成一片雪白。黑土庭院與碎石小徑，還有鐵門外的車道轉眼都變成白色。下雪了。

「——讓太郎睡著，太郎的屋頂積了雪。讓次郎睡著，次郎的屋頂積了雪……」

同樣望著窗外的香坂典子輕聲低吟。

咦？佳也子發出疑問的聲音，女醫微笑說道：

「這是三好達治的詩，標題叫〈雪〉，妳聽過嗎？」

「是的，國中時在國語教科書裡讀過。」

「我非常喜歡這首詩。妳在讀這首詩時，腦中浮現什麼樣的情景？」

「我想想喔……鄉下地方一戶人家的屋頂上，靜靜地積了雪。家裡有一對名叫太郎與次郎的年幼兄弟，在母親守護下睡著，就像被積雪哄睡了似的……大概是這樣的情景。」

「這樣啊。我的詮釋和妳有些不同。我認為太郎和次郎是毫無關係的陌生人，住在相隔遙遠的兩戶人家中。他們可能是小孩，也可能是成人。太郎和次郎只是個假名，和人物A、人物B意思一樣。雖然詩中沒寫出來，但還有三郎、四郎……無數的人們，各自住在自己的家裡。雪從遙遠的高空中降落，落在這些無數人家的屋頂上，形成了銀白的積雪。人們互不相識，但就在這一瞬間，彼此共有了在不斷落下堆積的雪下入眠的共通經驗……每次讀這首詩，我腦中都會浮現這樣的畫面。每一個人都是孤獨的，但大家頭上的屋頂都積著同樣的雪。只有這點毋庸置疑。這麼一想，總覺得孤獨的心情好像獲得了一點療癒。當然，作者三好達治大概壓根不是這麼想的，不過作品脫離作者的手之後，要怎麼解讀就是讀者的自由了嘛。」

「是啊……我覺得香坂醫生的詮釋也很棒。」

雪持續下著，像要一口氣把窗外全染成白色。就在這一瞬間，同樣的雪也在其他許多人們的屋頂上堆積。這麼一想，確實如女醫所說，孤獨的心情彷彿獲得了一絲療癒。

「要不要吃早餐？」

「好，我要吃。」

香坂典子走出病房，又推著一輛推車進來。推車上放著一碗稀飯和一杯茶。

「安眠藥傷胃，所以我煮了稀飯，還是先吃點稀飯比較好。」

「非常感謝您。」

稀飯的香氣刺激佳也子的嗅覺，總覺得好久沒聞到這麼美味的食物香氣了。

「護理師們過年期間都休假，這裡不巧又只有我一個人住，可能沒法好好照顧妳。不過，妳有什麼希望我幫忙的事都可以說。」

「謝謝。」

眼眶一熱，眼淚就這麼流下來。止不住淚水，佳也子低聲嗚咽。

「好了，快吃吧。」

「——那我就不客氣了。」

佳也子用湯匙舀起稀飯，送入口中。每吃一口，都能感到一股溫暖在體內擴散。

「要不要聯絡父母或朋友？他們一定很擔心妳。」

佳也子吃完後，女醫這麼說。

「——嗯，說的也是。」

猶豫了一會兒，佳也子決定打電話到三澤秋穗的手機。

「佳也子？是佳也子嗎？」

好友著急地詢問。

「對。」

「妳現在人在哪裡？」

「福島縣，一個叫月野町的地方。」

「抱歉讓妳擔心了。」佳也子這麼一說，手機那頭立刻傳來秋穗生氣的吼聲。

「從元旦早上妳打電話來說『再見了』，到今天都三號了，我到處在找妳！擔心得要命，不知道打了幾次電話給妳，妳為什麼連一次都不接！」

「——真的很抱歉。」

「要是道歉有用，還要警察幹嘛！妳知道這三天我有多擔心嗎！」

秋穗氣個不停，佳也子只能不斷道歉。然而，聽著好友生氣的怒罵聲，反而振作起精神了。這裡有一個打從心底擔心我的人。一想到這個，內心就溫暖了一些。

「早點回來喔。」

秋穗用落寞的語氣這麼說。

「嗯，很快就會回去了。」

「一定喔。」

「嗯，一定，我答應妳。」

## 2

打電話給秋穗後，佳也子躺回床上，讀起跟香坂典子借的三好達治詩集。女醫自己也坐在病房角落的椅子上看書。或許是怕佳也子再次自殺，所以在這裡看守著吧。不過，病房裡的氣氛一點也不緊迫逼人，安安靜靜的，只聽得到偶爾從門外馬路上傳來輪胎上綁了防滑鏈條的汽車行駛時的聲音。

一到中午，香坂典子就為佳也子端來稀飯。

雪下到下午四點才停。陰沉的鉛灰色天空下，醫院的庭院、門外的馬路、馬路那頭的樹林以及更遠處的群山，一切都染成了白色。美好的風景沁入心底。兩人默默閱讀，偶爾眺望窗外景色，然後又繼續看書。

「我去附近超市買點東西喔。」

下午五點，香坂典子這麼說。

「妳還是吃點對腸胃好的食物比較妥當，今晚我打算煮奶油燉菜，但家裡正好沒牛奶了。」

「這麼冷的天氣還勞煩您出去買，真是過意不去。」

「別介意。我今天一步也沒外出走動，得出去走走才行。」

女醫微微一笑，走出病房。

過了一會兒，佳也子看見身穿大衣，走在積雪庭院裡的香坂典子。純白的雪地上，印下她腳上靴子的足跡。出了大門，女醫往左轉，消失在馬路另一頭。

佳也子放下詩集，不知不覺沉浸在回想中。

戀人弘樹忽然斷絕聯絡，是去年耶誕夜的事。原本約好當天要一起過節，弘樹卻沒出現在約定碰面的地方。擔心他生病或遇上了什麼事故，打手機他沒有接，傳簡訊也沒有回。

接著，除夕夜那天，弘樹的母親來到佳也子住的公寓，對佳也子說了這些話。

——不能讓我兒子跟妳結婚。

——因為，妳爸爸是殺人兇手吧。

——妳身上流著殺人兇手的血。

——為什麼隱瞞這件事？

的確，佳也子的父親殺過人。父親是個木匠，一次喝醉酒後跟人起爭執，刺殺了對方。母親因此與父親離婚，佳也子由母親撫養。從那之後，她就沒有見過父親了。聽說父親後來病死獄中，母親也在三年前過世。

除夕夜那天，弘樹母親回去後，佳也子打了弘樹的手機。可是，不管打幾次，弘樹都沒有接。他溫柔的笑容和對未來的誓言，竟如此輕易就消失了。

佳也子哭了一整晚，天亮後走出家門，想走得遠遠的。從東京車站打手機給秋穗，向她道別後，搭上東北新幹線。一開始沒有決定要在哪裡下車，後來想起高中教學旅行時去過的福島，就在這裡下了車。在福島街上漫無目的閒晃了一會兒，再度搭上私鐵，來到一個偏僻的鄉下車站。出車站後搭上公車，坐了一會兒，看見寫著「月野町」的站牌。這詩意的地名吸引了佳也子，於是她在這站下車，踏入附近的林子裡。

樹上連一片葉子都沒有，樹木呈現寒傖的姿態。地上堆著厚厚的落葉，每踩一步都會發出乾爽的聲音。天氣冷得像要結凍，她卻覺得正好適合自己空洞的心。

佳也子走累了便躺在落葉上，從手提包裡拿出安眠藥，用在車站前買的罐裝茶一顆一顆吞入喉嚨。

四下安靜無聲。刺骨的寒意包圍下，佳也子仰望染成橘紅色的向晚天空。意識漸漸模糊，寒意與橘紅色的天空也漸漸消失。

✦

從回想中不經意回神時，正好看見香坂典子回來了。她穿過大門，一邊在雪地上留下足跡，一邊橫越庭院。手上提著超市的塑膠袋。

「我回來了。」

不一會兒，病房門打了開，女醫走進來。大概因為冷，她的臉凍得發紅。

「超市幾乎沒什麼人呢。除夕那天擠得爆滿，大家買東西像用搶的一樣。果然正月三日就很空了。」

「外頭很冷吧？勞煩您特地去買東西，真是不好意思。」

「沒事沒事，正好當運動。」

香坂典子走出病房，很快地，廚房傳來烹飪的聲音。令人心情沉穩的聲音。

下午六點過後，香坂典子推著裝有食物的推車走進病房。餐盤上放著奶油燉菜和法國麵包。燉菜冒出溫暖的蒸氣，美味的香氣瀰漫整個房內。

佳也子一從床上起身，女醫就將裝了奶油燉菜的盤子和湯匙遞過來。說聲「我要享用了」，佳也子用湯匙舀起燉菜送入口中。雞肉、馬鈴薯、洋蔥和紅蘿蔔全都柔軟得入口即化。女醫也坐在佳也子身旁吃起來。

飽食一頓後，開始覺得睏了。簡直像個嬰兒似的，佳也子自己都覺得好笑。

香坂典子把餐具放回推車，為躺在床上的佳也子輕輕蓋上毛毯。

「妳的身體還很虛弱，吃完飯就快睡吧，這樣最能恢復體力喔。晚安。」

晚安。佳也子微笑回應。

這是最近幾天下來，睡得最安穩的一天。

# 3

被門鈴聲吵醒。

頭好痛，身體也很倦怠。打開枕邊的手機一看，時間是四日早上的七點六分。

佳也子下了床，身子冷得不由得發抖。站到窗戶邊，左右拉開窗簾，擦掉窗玻璃上的水霧，看見庭院雪地上，除了昨天傍晚女醫留下的腳印外，還有一道單向足跡。有誰來訪了嗎？

門鈴響個不停。似乎是留下單向足跡的人按的。

「香坂典子小姐，妳在家嗎？我是警察。」

聽見一個人這麼大聲喊。警察？一大早的，警察來有什麼事？

門鈴響了這麼久，香坂典子卻似乎一直沒有去應門。佳也子拿起疊放在床邊桌上的衣服，急忙換上。

打開病房門，外面是一條鋪了磁磚的走廊。沿著走廊往前走，來到一間擺有長椅與觀葉植物的候診室。看得到玻璃玄關門外，站著一名五十歲左右的男人。男人背後的雪地上，有昨天女醫留下的腳印，和看似男人留下的單向足跡。

玄關門沒鎖，佳也子把門打開。

「妳是香坂典子嗎？」

男人這麼問。這高個子的男人有著過瘦的身材和剃得短短的花白頭髮。

「不、我不是。我是在這裡住院的人。」

「香坂典子小姐在嗎？」

「老實說，我才剛醒來，今天早上還沒見到香坂小姐……請問，警察來這裡有什麼事嗎？」

「約莫二十分鐘前，署裡接獲匿名通報，說香坂小姐在這裡被殺了。」

「——被殺了？」

「保險起見，能讓我進去查看一下嗎？」

刑警用不由分說的語氣這麼說著，脫下鞋子兀自進屋。

佳也子感到心頭湧起一股不安。那會是惡作劇電話嗎？可是，為什麼沒看見香坂典子的身影？

刑警用犀利的視線一邊打量四周一邊往前走。佳也子顫抖著跟在他身後。發抖是因為冷還是因為不安，連自己也搞不清楚了。

看了櫃檯和診療室，都沒看見香坂典子。接著，刑警窺看了佳也子住的病房，當然也沒在這發現女醫的下落。

病房前的走廊上，除了病房門外還有另外一扇門。刑警打開那扇門，出現的是一條木地板走廊，看來，這扇門後面是香坂典子的住家。

刑警和佳也子踏上木地板走廊。左手邊有廁所和浴室。打開右手邊的門，是與廚房相連的餐廳。

餐廳地板上，香坂典子就仰躺在那裡。身上穿著奶油色的毛衣，左胸部位卻是一片紅褐色，還插著一把菜刀。

佳也子發出哀號，當場跌坐在地。

✦

刑警一臉嚴肅地用手機聯絡警署。等待搜查小組抵達的這段時間，這位自稱向井的刑警詢問佳也子住院的經過。佳也子詳細說明了這幾天的事，包括自己在附近林子裡企圖自殺，為女醫所救，以及今天早上聽到門鈴才醒來的事……

差不多二十分鐘後，幾輛警車抵達屋外。車門一一打開，走下好幾位刑警。一股騷動不安的氣氛籠罩四周。

刑警們展開搜查時，讓佳也子坐在警車後座等待。一位年輕刑警坐在駕駛座上，隔著後照鏡監視佳也子。

過了約莫一小時，向井刑警走過來，打開警車後座的門，坐進佳也子身旁的位子。好半晌過去了，刑警什麼都沒說。就在佳也子忍受不住沉默時，刑警才開口。

「昨晚，妳似乎一吃過晚餐就睡了。還記得那是幾點的事嗎？」

「香坂小姐送晚餐給我，是傍晚六點多的事，我想我睡著時應該還沒七點。」

「被害人的死亡推估時間是晚間七點。也就是說，兇手在妳入睡後來到醫院，將被害人殺害。被害人後腦有重物猛力毆打的痕跡，刺穿左胸的是原本放在廚房的菜刀。她遇刺時應該當場就死亡了。」

救命恩人被殺時，自己睡著了，連幫她求援都做不到。佳也子不由得痛恨自己的無力。

「對了，聽說昨天下午五點，被害人曾出門買牛奶？」

「是的。晚餐煮奶油燉菜，她去買需要用到的牛奶。」

「她昨天五點多去買牛奶的事，員警在附近超市調查時也獲得了店員的證詞。只是，這樣的話，事情就奇怪了。」

「有什麼奇怪的嗎？」

「根據氣象台的播報，這一帶昨天下午四點雪就停了。被害人五點去附近超市買牛奶，在醫院四周留下去程與回程的腳印。奇怪的是，醫院周圍雪地上，除了此時被害人留下的靴子鞋印外，完全沒有其他足跡。這點，搜查小組在進入醫院前確認過了。」

「完全沒有其他足跡……？」

「是的。沒有兇手出入的足跡。呈現一片空白的狀態，別說足跡，兇手沒有留下任何痕跡。如果兇手來到醫院，殺害被害人後又離開，為什麼沒留下當時的足跡？」

察覺對方想暗示什麼，佳也子一陣驚愕。警方現在似乎認為佳也子是殺害香坂典子的兇手。

「會不會是兇手踩著香坂醫生的腳印進出了呢？兇手的足跡和香坂醫生的足跡完全重疊的話……」

佳也子死命思考著說。

「這也是我們第一個想到的可能。但是，詳細分析足跡的結果，推翻了這個可能。如果兇手踩著香坂小姐的腳印，應該會留下重疊的痕跡，然而雪地上的腳印完全沒有這樣的痕跡。」

「不然就是昨天半夜又下了雪，把兇手的腳印和香坂醫生的腳印都蓋掉了？那之後，兇手再穿上與香坂醫生一樣的靴子，在全白的雪地上偽造香坂醫生的腳印。」

「這也是不可能的事。聽氣象台播報，這一帶從昨天一月三日上午十點開始下雪，下午四點雪停後就完全沒有再下雪。下午五點印在雪地上的被害人腳印，不可能因之後再度下雪而被蓋掉。」

「或是下人工雪，抹消香坂醫生的腳印……」

「妳告訴我要怎麼下人工雪？準備一台下雪機嗎？可惜，現場周圍也沒有這類痕跡。」

向井用嘲弄的語氣說著，牢牢盯著佳也子的臉。

「這麼一來，唯一想得到的可能性，就是妳殺死了被害人。」

——妳身上流著殺人兇手的血。

那聲音在佳也子腦中迴盪。

我……殺了人？

我殺了香坂典子，自己又把這事忘記了嗎？

✦

「妳這個殺人兇手！」

警車外忽然傳來怒罵聲。

仔細一看，窗外有個三十出頭的女人正瞪著佳也子。嬌小纖瘦的身材，和香坂典子很像。

「喂，這人是誰？」

向井不耐煩地搖下車窗，問陪同三十出頭女人的刑警。

「這位是被害人的妹妹桑田洋子小姐。大約三十分鐘前，她打電話來給被害人，員警告知發生命案的事，她就趕來現場……」

「是妳殺了我姊的吧！」

桑田洋子繼續辱罵佳也子，怒罵聲深深刺痛佳也子的心。
「夠了夠了，又還沒確定兇手是這個人。」
站在洋子身邊，四十歲上下的男人安撫她。
「你是？」
向井這麼問，那個男人就回答：「我是洋子的丈夫，名叫桑田武。」
「可是，刑警先生說醫院周圍的雪地上，只有昨天傍晚姊姊出去買東西時留下的腳印啊，沒有任何兇手留下的腳印。既然如此，姊姊只可能是被這女人殺的吧？姊姊救了這個企圖自殺的女人，她卻恩將仇報殺了姊姊！」
「但是這個人沒有動機不是嗎？」
洋子的丈夫點出問題。
「一定是姊姊阻止這女人自殺，兩人吵起來，這女人氣得把姊姊——」
「聽說妳三十分鐘前打了電話給被害人，找她有什麼事嗎？」
向井打斷桑田洋子的話頭，這麼詢問她。
「昨天伯父過世了，我是想通知她這件事。」
「——伯父過世了？」

「伯父自己一個人住在青森的八戶。他跟我和姊姊不太親近，所以沒人通知我們他過世的事，我是今天早上看報才知道的。」

「看報知道的？報紙會刊登訃聞的話，是很有名的人嗎？」

「伯父叫香坂實，一直都在東北地方經營大規模的不動產，五年前才退休，算是滿有名的人。昨天傍晚，伯父的朋友去他家拜訪時，看見他溺死在池塘裡。死亡時間好像是昨天正午。因為年紀大了，可能在院子裡散步時，不小心腳一滑，摔進池塘裡。看了今天早報的訃聞，我想通知姊姊這件事，就打了電話。結果電話是個陌生男人接的，說他是刑警，姊姊被人殺了，我才急忙趕過來。來了之後聽說這個自殺未遂，被姊姊救起來的女人，在姊姊被殺的時間也待在家裡，而且附近雪地上沒有兇手的腳印。這不管怎麼想，兇手肯定都是她啊——」

「搜查的事請交給警方吧。」

向井再次打斷桑田洋子，要陪同洋子的刑警帶她離開。她似乎還想說什麼，總算是在刑警和丈夫的安撫下離去了。

「想請您自願跟我們到署裡走一趟，可以嗎？」

向井這麼問佳也子，佳也子不得不點頭。向井對駕駛座的刑警說「開車吧」，警車向前駛去。

在這個沒有任何人能依靠的陌生小鎮，自己蒙上了殺人嫌疑，還正要被帶往警署。孤獨的感覺猛烈襲擊佳也子。

「請問……我可以打個電話嗎？」

佳也子問向井。

「電話？打給誰？律師嗎？」

「不、是我朋友。」

「請。妳現在並非遭到逮捕，可以自由打電話沒關係。」

向井嘴上說得很客氣，眼神仍犀利地監視著佳也子一舉一動。佳也子打了電話到秋穗的手機。

「啊、佳也子？妳現在人在哪？」

電話那頭傳來好友精神抖擻的聲音。

「還在月野町。」

「快點回來，我等妳。」

「其實，我現在回不去……」

佳也子把救了自己的女醫被殺害的事告訴秋穗，也說了醫院周圍沒有兇手腳印，自己因而被懷疑殺人，正和刑警一同前往警署的事。

「說佳也子妳殺人？那邊的警察是不是腦袋壞掉了？」

「可是，既然沒有兇手的腳印，怎麼想都是我殺的啊。該不會我真的殺了香坂醫生，卻忘了自己做過這件事……」

「妳在說什麼傻話！妳不可能殺人的。我知道了，我現在馬上過去，妳等我！」

「欸？現在馬上？」

「要是繼續這樣下去，妳一定會被警察強迫認罪的。我現在就搭新幹線過去妳那邊。」

「可是，來這麼遠的地方……」

「我說啊，妳都身陷險境了，先別擔心這些好不好。下午我就能抵達警署了，在那之前妳一個人要加油喔。沒做的事千萬不能承認。」

「嗯、嗯。」

「有我在，打起精神！那就先這樣。」

掛上電話，想著這世界上至少還有一個人無條件相信自己的清白，佳也子差點忍不住落淚。

## 4

開了二十分鐘的路，警車抵達警署。這是一棟四層樓建築，看上去頗有年代，牆上到處都是污漬。

佳也子被帶進偵訊室，接受向井刑警的訊問。向井不斷重申醫院周遭沒有兇手腳印，除了佳也子之外不可能有其他兇手，逼迫佳也子做出自白。每次佳也子都否認，但也漸漸失去否認的力氣了。

——該不會我真的殺了香坂醫生，自己卻忘了這回事吧？

這可怕的念頭無數次浮現腦海。之所以還撐得住，靠的都是秋穗「下午就會到妳那邊」的約定。這是現在佳也子唯一的心靈支柱。

不知道經過多久，聽見敲門的聲音，一個年輕刑警探頭進來。

「警部，發生了麻煩事，密室蒐集家出現了。他說想見涉案人。」

「——什麼，密室蒐集家？」

向井表情顯得扭曲。

「不是開玩笑或傳聞，真的有這個人嗎——沒辦法，帶他過來吧。」

「那個密室蒐集家是什麼人呢？」

佳也子小心翼翼地問。

「警察內部傳聞中，一個自以為偵探的怪人。最喜歡各種密室殺人事件，也不知道他從哪裡聽說的，只要發生類似密室事件，這個人就會出現。警察廳高層中似乎有他的強大靠山，搜查總部每次都會接到打來要求讓他協助搜查的電話。」

「刑警先生沒見過他嗎？」

「怎麼可能見過，這是第一次。話說回來，真是驚人啊，沒想到他真的存在。我一直以為只是警察內部的玩笑或傳說而已。」

「他本名叫什麼呢？」

「這男人很奇怪，問他名字也不說。只堅持要人稱呼他密室蒐集家。」

再度傳來敲門聲，門打了開。年輕刑警帶領下，一個三十歲左右的高個子男人走進來。他像貓一樣不發出腳步聲，走路的樣子像在地板上滑。

高挺的鼻梁，端正的五官，有一雙眼神清澈的眼睛，眼尾細長。穿黑色毛衣和咖啡色長褲，左手抱著折疊整齊的大衣外套。

「非常抱歉，感謝各位答應我無理的要求。」

這麼說著，雙手放在兩側，深深低頭鞠躬。這個男人給人一種不食人間煙火的感覺。

「不、既然是你的要求，我們當然都得配合才行。」

向井這麼回答，毫不掩飾話中帶的刺。

「不過，為何這件事能吸引到你出馬呢？這又不是什麼密室事件。」

「不、我認為這是一樁密室殺人事件。警方的各位似乎認為這邊這位笹野佳也子小姐是兇手，我卻認為她無罪。而如果她是清白的，就表示兇手能在雪上不留足跡的狀況下進出案發現場。這不就是密室殺人嗎？」

「我說你這個人啊，再怎麼喜歡密室，也不能硬湊個密室出來吧？現場只有被害人和另一個人，四周地面覆蓋了一層積雪，雪地上沒有兇手進出的腳印——一般來說，這種情況下和被害人一起待在現場的那個人就是兇手吧。何必說成密室，把事情搞得這麼複雜。」

「可是，如果佳也子小姐是兇手，她的行為未免太不合邏輯了。一旦雪地上沒有兇手進出的腳印，自己一定第一個被懷疑，這是任誰都知道的事。她為什麼不在警察來前偽造兇手進出的腳印呢？追根究底，如果她是兇手，犯案後怎麼會在案發現場過夜，應該立刻離開才對。如果警方堅持她是兇手，對她犯案後還在現場過夜的事有什麼看法？」

被反過來質詢，向井瞬間說不出話。

「——的確，犯案後還在現場過夜這點很奇怪。可是，犯案時間是晚上七點左右喔。在這種鄉下地方，那時間要找到其他住宿地方不容易。叫計程車的話，長相又會被記住，在室外過一晚則太冷了。這麼一來，留在現場過夜或許也是當下合理的選擇。」

「原來如此，您說的有道理。問題是，有件事我不明白。今天早上，警方之所以前往現場，是接到一通告知香坂典子遭殺害的匿名電話吧。打這通電話的人又是誰呢？」

「這……」

「如果是一般的事件，或許可以這樣想——第三者偶然造訪現場發現遺體，進而報警。可是，就這起事件來說，案發現場周遭積雪，雪地上完全沒有兇手的腳印。換句話說，當然也沒有偶然造訪、發現遺體的第三者腳印。那麼，這個匿名的報案人，又是怎麼知道發生殺人事件了呢？」

向井皺著眉頭，陷入沉默。

「知道這裡發生殺人事件的只有兇手。這麼說來，可推測打匿名電話報案的人就是兇手。兇手除了佳也子小姐之外另有其人，這個人想陷害佳也子小姐。只有這個可能了吧。」

「可是……可是，現場沒有兇手進出的足跡，這件事又該如何解釋？只要無法解釋這件事，就只能得出佳也子小姐是兇手的結論。你解釋得了這件事嗎？」

「目前還沒辦法。所以，我必須請佳也子小姐詳細描述事情的經過給我聽。可以嗎？」

「……沒辦法，隨你高興吧。」

向井心不甘情不願地答應。

回應密室蒐集家的提問，佳也子從元旦傍晚自己在林子裡試圖吞安眠藥自殺開始說起。他不時用溫和冷靜的聲音答腔，側耳傾聽佳也子說的話。說著說著，佳也子感到內心的不安消失了。這個男人似乎有著能使人心情鎮定的特質。不知不覺中，連自己的身家背景和自殺原因都說了。

「如何，你能解釋為何沒有兇手足跡的事了嗎？」

佳也子說完後，向井用嘲弄的語氣問密室蒐集家。

「沒有什麼不能解釋的。」

密室蒐集家微笑回答。

「喔，這可真教人感興趣，請務必說來聽聽。」

向井故意用佩服的語氣這麼說。

「在那之前，可否先讓我看看昨天下午五點，被害人去附近超市買牛奶時，來回留下的腳印照片。」

向井要年輕刑警去鑑識科拿來照片。密室蒐集家接過照片，拿在手上像鑑賞藝術品般端詳。

「原來如此，出去時的腳印和回來時的腳印沒有重疊呢。」

「這又怎麼了嗎？」

「這是相當有意思的線索。腳印延續到哪裡呢？」

「案發現場大門外有一條二線車道，就到那裡為止。再過去的腳印被經過的汽車輾過，沒有留下來。」

「腳印確實是被害人穿的靴子留下的嗎？」
「對，和被害人的靴子鞋底對照過了，完全相符。」
「從腳印看來，鞋底圖案完整清晰，沒看到缺口之類的痕跡，表示這是一雙新鞋踩下的腳印。如果是舊鞋，每個人不同的走路習慣，會在鞋底留下不同的磨損，產生有個人特徵的鞋印。所以，腳印這種東西會因鞋而異，一看立刻知道是哪雙鞋留下的腳印。問題是，穿新鞋時就得另當別論了。就算鞋底圖案和腳印完全相符，也只代表是同樣的鞋子留下的腳印，未必就是當事人穿著那雙鞋子踩過的痕跡。」
「的確，被害人那雙靴子是新的。難道你的意思是，雪地上的腳印其實是兇手的？兇手穿了跟被害人一樣的靴子，踩著被害人的腳印進出案發現場？這是不可能的。只要踩在原有的腳印上，無論多麼小心，一定都會有哪裡留下重疊的痕跡。但是，雪地上殘留的腳印並未出現這種痕跡。」
密室蒐集家微微一笑。
「不、我沒有這麼想。」
「不然你是怎麼想的？」
「首先可以想到的可能性，是佳也子小姐昨晚睡著時的醫院，和她今天早上醒來時不是同一間醫院。」

「昨晚睡著時的醫院，和今天早上醒來時不是同一間？」

「對。是另外一間醫院。假設昨晚佳也子睡著時在A醫院，今天早上醒來時在B醫院好了。兇手將睡著的佳也子小姐與被害人遺體從A醫院搬到B醫院後離開。今天早上，佳也子小姐醒來時不在A醫院，而是B醫院，外面雪地上的腳印不是被害人昨天五點前往超市買牛奶時留下的腳印，而是兇手將佳也子小姐和被害人搬進B醫院後，離去時留下的腳印。只是大家都把A醫院和B醫院當成同一間醫院了，才會以為醫院周圍除了昨天下午五點被害人留下的腳印外沒有其他腳印。

看看問題的腳印，去程與回程的腳印沒有重疊。所以，也可以說看似去程的腳印其實是回程，看似回程的腳印其實是去程留下的。以為是『被害人外出購物時留下』的腳印，其實是『兇手離開現場時留下』的腳印；以為是『被害人外出購物回來時留下』的腳印，其實是『兇手來到現場時留下』的腳印。

另外，由於被害人的靴子是新的，從腳印看不出每雙鞋子既有的特徵。因此，說足跡是兇手穿上同樣的靴子踩出來的也不奇怪。」

「你是認真的嗎？怎麼可能有這種事。再怎麼說也不可能有兩間外觀一模一樣的醫院吧。」

「不需要外觀一模一樣的醫院。佳也子小姐昨天一整天都沒踏出病房一步，只要病房一模一樣就夠了。準備一間一模一樣的病房沒那麼困難吧。」

「你這說法還是太牽強了。現場去程的腳印和回程的腳印都各只有一道。也就是說，如果那腳印是兇手留下的，就表示兇手只到過一次現場。可是，你又說兇手把佳也子和被害人搬到這個現場，這麼一來，兇手必須一趟就搬運兩個人才能辦到。除非是力大無比的大力士，否則如何一次扛著兩個成人女性走過雪地呢？」

密室蒐集家微笑點頭。

「您說得沒錯，這個說法無法成立。」

「能不能麻煩你發表個稍微可靠一點的說法啊。」

「那麼，以下這個說法如何？今天早上，您和佳也子小姐發現被害人遺體時，兇手還躲在犯案現場。案發現場是醫院兼被害人住宅，有好幾個房間，不愁沒有藏身的地方。等搜查小組抵達後，兇手就假扮成其中一位刑警悄悄離去。」

向井搖頭。

「這是不可能的。如果你這說法正確，表示搜查員警的人數途中增加了一人。可是，我親眼看著搜查小組搭乘警車抵達，除了當時下車的員警，途中沒有多出任何人。」

「不然，換成這個說法如何？您說現場四周的雪地上只有被害人昨天下午五點出門時留下的腳印，真的是這樣嗎？會不會其實有其他腳印呢？」

「其他腳印？」

「比方說，今天早上接獲匿名報案電話，造訪現場的刑警的腳印。」

「──你想說什麼？」

「兇手昨晚以踮起腳尖的方式來到現場，犯案後離開。今天早上，再宣稱自己接獲通報，來到現場，用自己的腳印蓋掉昨晚踮起腳尖留下的痕跡。這個解釋怎麼樣？踮起腳尖走路留下的痕跡，比正常走路的腳印還要小，可以用普通腳印蓋掉。」

向井狠狠瞪視密室蒐集家。

「──你想說我是兇手嗎？」

「不、我想說的是，這個說法也能解釋兇手為何沒有留下腳印。」

「我有不在場證明。昨晚七點前後，我在署裡跟行政文書奮戰，好幾個同事都有看見。」

「那還真是失禮了。」

密室蒐集家又低下了頭。向井厭煩地說：

「既然我不是兇手，還有其他解釋嗎？」

「這個嘛……」

正當密室蒐集家打算說明時，再度傳來敲門聲，年輕刑警探頭進來。

「警部，一位叫三澤秋穗的女人要求見涉案人。說她是涉案人的好朋友。」

秋穗真的大老遠從東京趕來了。佳也子心頭一熱。

「涉案人的好朋友？帶她過來。」

一分鐘後，秋穗衝進偵訊室。

「佳也子，妳沒事吧？」

「秋穗……」

「他們有沒有欺負妳？還是做什麼過分的事？」

「沒有，我沒事。」

秋穗環顧室內，瞪著向井和密室蒐集家。

「懷疑佳也子殺人的就是你們嗎？佳也子不可能殺人的吧！你們眼睛是不是脫窗

啊？」

向井被她的氣勢壓倒，說不出半句話。

密室蒐集家往前踏出一步。

「妳說得沒錯，佳也子小姐不是兇手。」

「你是誰啊？」

秋穗有些怯懦地問。

「我的名字不值一提。」

「你說佳也子不是兇手，那兇手是誰？」

「兇手就是妳呀，三澤秋穗小姐。」

# 5

佳也子無法理解密室蒐集家說的話。

「你說兇手是我？開什麼玩笑啊！」

秋穗大笑反駁。

「我人在東京，跟被殺的人又不認識，為什麼說我是兇手？」

「不如，現在開始說明我認為妳是兇手的原因吧。」

說著，密室蒐集家望向佳也子。

「佳也子小姐，妳說自己一月三日早上七點多在醫院裡醒來對吧？之後不久，雪就開始下了。換句話說，一月三日，雪是從早上七點多開始下的。」

「對。」

想起那天白色雪花從鉛灰色天空紛紛飄落，愈下愈大，將四周景物全部染成一片白色的情景，佳也子點了點頭。

「可是，氣象台對那天降雪時刻的描述，卻和妳說的不一樣。」

「——咦？」

「根據氣象台提供的資訊，一月三日這一帶從早上十點才開始下雪。早上七點多和早上十點，佳也子小姐說的下雪時間和氣象台的資訊完全不一樣喔。」

「對了，是這樣沒錯！」

向井聞言愕然，發出驚呼。

「我想起來了，在警車裡和佳也子小姐說話時，我自己就說過『聽氣象台播報，這一帶從昨天一月三日上午十點開始下雪』。沒錯，開始下雪的時間和她說的完全不一樣。」

密室蒐集家點點頭。

「我們無法懷疑氣象台播報的內容。這麼一來，就是佳也子小姐搞錯了。」

「——我沒有說謊。」

佳也子感到一陣恐懼，原本站在自己這邊的密室蒐集家怎麼忽然變成敵人了？然而，密室蒐集家臉上浮現溫暖的笑容。

「當然，我不認為妳說了謊。因為我所說的一切，都以妳的清白無罪為前提。妳不是說謊，只是受人誘導，產生錯覺罷了。」

「受人誘導產生錯覺？」

「對，妳在醫院醒來，其實不是一月三日，應該是一月二日的事。」

「那是二日的事……？」

「是的。妳不是一月三日在醫院醒來，而是一月二日，香坂典子卻騙妳那天是三日。香坂典子對妳說，自己是在二日中午到附近林子裡散步時發現昏迷的妳，然而事實上，她發現妳的真正時間不是二日中午，應該是元旦晚上才對。此外，妳醒來的時間也不是三日早上，而是二日早上。」

「可是，手機的日期……」

「香坂典子把妳的手機日期調快一天，再放回妳的手提包。她以妳身體尚未完全康復為由，不讓妳下床。這是因為妳一旦出了病房，就會發現那天是二日，不是三日。為了避免妳發現事實，才不讓妳離開病房。

過年期間護理師都休假，沒有能告訴妳真正日期的人。病房裡沒有電視，妳也無法從電視新聞等節目得知真正的日期。真要說的話，才剛企圖自殺的人精神受到太大衝擊，或許根本不想知道世間發生了什麼事，也提不起勁去看電視或報紙吧。所以，妳察覺真正日期的可能性非常小。香坂典子肯定是把自殺未遂者的這種心理狀態都算計進去了。

香坂典子還利用去附近超市買牛奶這件事，來加深妳把二日當成三日的錯覺。佳也子小姐醒來那天的下午五點，香坂典子去附近超市買了牛奶。警方調查的結果，香坂典子也確實在一月三日下午五點，到附近的超市買了牛奶。聽到這個，佳也子更不會懷疑自己醒來的日子是一月三日。

然而實際上，香坂典子並沒有在佳也子小姐醒來那天（也就是一月二日）去超市買牛奶。她事先把牛奶藏在戶外某處，裝作去買牛奶的樣子，再帶著那瓶牛奶回來。現在正值冬天，以這個地區的氣候，放在戶外也跟放冰箱差不多了，甚至溫度比冰箱更低，不用擔心牛奶壞掉。」

「——可是，假若我醒來的日子真的是二日，隔天的今天就變成四日了，這不是很奇怪嗎？」

「因為妳再度陷入了錯覺。妳在二日晚上睡著後，隔天的三日睡了整整一天，直到四日早上才終於醒來。」

「睡了整整一天……？」

「是的。妳第一次醒來那天晚上，香坂典子煮了奶油燉菜，她應該在妳那盤燉菜裡下了安眠藥。因此，隔天三日妳整整昏睡了一天。香坂典子因為職業的關係，知道下多少分量的安眠藥可以令人睡一整天。四日早上妳醒來時，不是覺得頭痛、身體倦怠嗎？就是因為前一天睡了整整一天的關係。如果是男人，從鬍碴的長度或許能發現自己睡了整整一天，但身為女人的妳無從發現。當然，香坂典子也沒忘記趁妳睡著時，把手機調回正確日期。」

一旁的向井插話：

「可是……假設佳也子小姐真的是在香坂典子引導下產生對日期的錯覺，香坂典子又為什麼要這麼做呢？」

「她是為了製造不在場證明。香坂典子計畫著一樁犯罪，她讓佳也子小姐把一月二日錯覺成一月三日，製造自己一月三日整天和她在一起的假象，為自己製造不在場證明。事實上，真正的一月三日，趁佳也子小姐昏睡一整天時，香坂典子外出執行了她的犯罪計畫。佳也子小姐將於四日早上醒來，不會發現自己昏睡了一整天。當警方質問香坂典子三日的不在場證明時，佳也子小姐就會作證兩人一月三日整天都在一起，不在場證明就此成立。

香坂典子陪佳也子小姐在病房看書，不是因為擔心妳再次自殺，是為了確保和佳也子小姐一直待在一起的不在場證明。」

「那麼，香坂典子的犯罪計畫又是什麼？」

向井進一步追問。

「殺害她的伯父。」

「——殺害伯父？」

「聽說昨天，也就是一月三日正午時分，香坂典子的伯父香坂實，溺死在八戶自家庭院的池塘中。這肯定就是香坂典子計畫的犯罪了。她大概是將香坂實推落池子，或是把他的臉壓進池水裡加以殺害。香坂實直到五年前都在東北一帶經營大規模的不動產事業，想必身家相當豐厚。可以推測香坂典子是為遺產而下手殺害這位伯父。只是，即使喬裝為意外身亡，仍有可能被看穿是殺人事件。如此一來，有繼承資格的香坂典子一定會被視為嫌疑人。為了預防這個情形，她才利用佳也子小姐對日期的錯覺，預先為自己製造不在場證明。」

密室蒐集家環視眾人。

「推理到這裡，雪地密室之謎已經可以輕易破解了。

一月二日早晨，佳也子小姐醒來時，在香坂典子的誤導下，錯覺當天為一月三日。

下午四點，雪停了。下午五點，香坂典子裝作去附近超市買牛奶的樣子，在雪地上踩出來回腳印。此時，佳也子小姐產生這些腳印是三日下午五點留下的錯覺。

這天晚上，香坂典子讓佳也子小姐吃安眠藥睡著。

到了隔天一月三日，佳也子小姐持續沉睡。

早上十點，再度下起雪來，蓋掉了前一天香坂典子的腳印。

香坂典子上午離開醫院，為了殺害伯父前往八戶。不確定她是十點前還是十點後離開醫院，但不管怎麼說，因為早上十點開始下雪的關係，沒有留下腳印。正午時分，在伯父家中殺害伯父。

另一方面，一樣不確定是幾點的時候，兇手來到醫院。這時雪還在持續地下，所以也沒有留下腳印。

到了下午四點，雪停了。巧合的是，雪停的時間和前一天正好一樣。

下午五點多，殺害了伯父的香坂典子回到這附近，先去附近的超市買牛奶，然後在雪地上留下腳印，回到醫院內。下午七點左右，已經在醫院裡的兇手殺死香坂典子，在雪地上留下腳印後離開。

乍看之下像是香坂典子出去與回來時留下的腳印，其實是香坂典子回來時的腳印與兇手離去時的腳印。因為這些腳印沒有重疊，就算離去的腳印比回來的腳印更晚留下，也不會產生矛盾。另外，兇手應該穿了與香坂典子同樣的靴子。

一月三日整整睡了一天的佳也子小姐，在四日早上醒來，與向井刑警一同發現遭殺害的香坂典子遺體。

根據氣象台的播報，三日下午四點以後就沒下雪了。因此，香坂典子下午五點留下的腳印沒有消失——沒有人懷疑雪上的腳印不是她的，密室狀況就此形成。

然而，香坂典子實際並非在三日下午五點留下出門的腳印，而是二日下午五點。香坂典子二日下午五點出門時留下的腳印，被隔天三日白天下的雪覆蓋消失了。

二日雪停的時間，和三日雪停的時間，正好都是下午四點，眾人才沒有發現佳也子口中雪停的下午四點，和氣象台播報雪停的下午四點，其實差了一天。」

佳也子腦中浮現三好達治的詩。

讓太郎睡著，太郎的屋頂積了雪。

讓次郎睡著，次郎的屋頂積了雪。

還有——

讓佳也子睡著，佳也子的屋頂積了雪。

完全就是這樣。吃了安眠藥的佳也子睡了一整天，雪就在這段時間內落下、堆積。

「那麼，殺死香坂典子的兇手是誰呢？兇手利用了香坂典子誤導佳也子小姐日期的事，將佳也子小姐陷害為兇手。換句話說，兇手是知道香坂典子犯罪計畫的人。那麼，兇手為什麼會知道呢？因為兇手是香坂典子的共犯。這個共犯背叛並殺害了香坂典子。」

「共犯背叛並殺害了香坂典子……？你說她有共犯？」

向井喃喃低語，像是搞糊塗了。

「是的。香坂典子說自己在元旦晚上，將昏迷在附近林子裡的佳也子小姐搬回自家醫院。可是，香坂典子本身個頭嬌小，這樣的她，怎麼想也無法獨自將佳也子小姐這位成人女性搬回醫院。這麼一來，就表示有人幫忙——也就是有共犯。

那麼，香坂典子的共犯是誰呢？佳也子小姐，線索就在妳對我說的話中。」

「我的話中……？」

「妳提到打手機給秋穗小姐時，她說『到今天都三號了，我到處在找妳』。可是，實際上打電話給秋穗小姐的日期不是三號，應該是二號。當時妳在電話中並未說出任何令對方誤會當天是一月三日的話，秋穗小姐卻自己說了『三號』。這表示，她從一開始就知道妳誤以為當天是一月三日。

不用說，知道妳把一月二日當成一月三日的人，只有香坂典子的共犯。換言之，秋穗小姐就是這個共犯。

而前面提到殺死香坂典子的人是她的共犯，所以，殺害香坂典子的人正是秋穗小姐。」

「你說秋穗是共犯？可是，秋穗和香坂醫生應該完全不認識才對啊……」

「我不知道秋穗小姐和香坂典子之間有什麼關係。只是無論如何，元旦當天佳也子小姐從東京來到這個小鎮時，秋穗小姐一直偷偷跟在妳後面。她一定也看見妳在林子裡吃下安眠藥的事。

這時，秋穗小姐腦中閃過以前香坂典子提過計畫殺害香坂實，以及煩惱如何製造不在場證明的事。秋穗小姐靈機一動，認為可以利用佳也子小姐。於是，她聯絡了香坂典子，兩人一起把佳也子小姐抬回醫院。之後，秋穗小姐應該是暫時先回東京了。

隔天，也就是二日上午七點多，佳也子小姐醒來時，她們兩人製造不在場證明的行動就此展開。香坂典子先將這天偽裝成一月三日，刻意問佳也子小姐要不要打電話給父母或朋友。她早就知道佳也子小姐父母雙亡，只能打電話給朋友——也就是秋穗小姐。秋穗小姐在電話裡說這天是『三號』，為的是補強佳也子小姐的錯覺。

隔天一月三日正午時分，香坂典子在八戶殺害伯父。這時，秋穗小姐先在東京落實自己的不在場證明，之後才來到月野町，並前往香坂內科。大概是想直接跟香坂典子碰面，確認計畫是否成功吧。這時，香坂典子尚未回到醫院。

秋穗小姐一開始並沒想過要背叛香坂典子。但是，當她看見雪正好和前一天一樣停於四點，腦中閃過利用不在場證明陷害佳也子小姐為殺人兇手的計畫。二日與三日停雪時間相同的事實，以及秋穗小姐穿了和香坂典子相同靴子的事實，對她而言簡直像是神助吧。

下午五點過後，香坂典子回到醫院。秋穗小姐為了陷害佳也子小姐，於晚間七點殺害香坂典子。接著，她模仿香坂典子走路的方式，在雪地上留下腳印後離開醫院。

之後，我猜秋穗小姐應該持續躲藏在月野町附近。接著，今天早上打匿名電話到警署報案，指稱香坂典子在醫院兼自宅中遭人殺害，讓警方懷疑與香坂典子遺體同在一室的佳也子小姐是兇手。接到佳也子小姐打來的電話後，再說她馬上搭新幹線過來，算準時間出現在警署。」

「他說秋穗妳是兇手，是不是搞錯什麼了？噯、快說他搞錯了啊！」

佳也子對好友這麼喊，秋穗卻沒有回答，也不看佳也子一眼。佳也子忽然覺得自己的好友像是變了一個人。難道這才是真正的秋穗嗎？那個總是活潑開朗的好友到哪去了？

過了一會兒，秋穗嘆口氣，用疲憊的聲音說：

「……沒搞錯喔。兇手就是我。」

佳也子震驚得差點站不穩腳步。

向井問秋穗：

「妳跟被害人是什麼關係？為什麼遠在東京的妳會成為她的共犯呢？」

「——你們調查一下應該就知道了，典子姊是我國中時的家教老師。後來她當上醫生，離開東京，回到故鄉這個小鎮開醫院，我們一直都保持親密的往來。從兩三年前起，典子姊常提起醫院經營不善的事。她說自己有個感情不好但很有錢的伯父，曾去拜託那位伯父提供金援，每次都被無情地拒絕。雖然我也很想幫她，但典子姊需要的金額是一千萬，我一點辦法都沒有。

慢慢的，典子姊開始會說些『要是伯父死掉就好』的話。一開始我以為她在開玩笑，但不管怎麼看，她的表情都是認真的。她還說，拿到遺產之後會給我一定程度的錢當謝禮，拜託我幫忙她殺害伯父。起初我當然拒絕，但典子姊一而再、再而三地拜託，每次都會提高謝禮的金額。最後，我終於答應幫她的忙。

典子姊說她打算把伯父推到他家庭院池塘裡，裝作意外溺斃的樣子。可是，典子姊擔心只偽裝成意外落水會被警察識破，那樣她就有嫌疑了。畢竟典子姊是伯父的遺產繼承人，是最有殺人動機的人。所以，為了保身，她考慮製造不在場證明。跟我討論了很多次，都想不到什麼好主意。

轉機就在元旦那天來臨。那天，我來到佳也子住的公寓外，正好看到她提著手提包外出。我偷偷跟蹤她，她在東京車站打電話給我，跟我道別。沒錯，那時我就在佳也子身邊不遠的地方。我跳上佳也子搭的那班新幹線，還跟著她轉搭私鐵。佳也子搭上公車後，我就攔了計程車跟在後面，最後來到這個小鎮。我嚇了一跳，因為這裡是典子姊住的地方。傍晚，我親眼目睹佳也子在那座林子裡吞下安眠藥。不只如此，典子姊的醫院就在附近。這真是令人難以置信的巧合，感覺就像冥冥之中有什麼引導。這時，我腦中閃過利用佳也子為典子姊製造不在場證明的方法。」

利用佳也子……聽到秋穗這麼說，佳也子大受打擊。她不但沒有阻止自己吞下安眠藥，還打算拿自己當成製造不在場證明的工具。

不只如此，秋穗甚至試圖將佳也子誣陷為殺人兇手。

「……為什麼？妳為什麼要陷害我……？」

「為了弘樹啊。」

秋穗喃喃低語。

「為了弘樹……？」

「對，我真心愛著弘樹。偷偷告訴弘樹的母親佳也子爸爸的事，讓弘樹和妳分手的人也是我。可是，弘樹心裡還是忘不了佳也子妳。為了完全將妳趕出弘樹心中，我決定把妳塑造成殺人兇手。」

「原來秋穗妳也喜歡弘樹……」

「第一次看到妳和弘樹在一起時，我就喜歡上他了。可是，弘樹眼中只有妳，連看都不看我一眼。所以，我把妳爸爸的事告訴弘樹的母親。因為不放心妳之後會採取什麼行動，我一直暗中監視著妳。元旦那天早上，去妳公寓外面也是為了監視妳。」

一旁的向井插口：

「如果目的是想搶走佳也子小姐的戀人，看到佳也子小姐吞安眠藥時，直接見死不救就可以了吧？不對、我怎麼在佳也子小姐面前說這種話……」

「要是佳也子自殺成功了，弘樹一定會活在罪惡感中，永遠也忘不了佳也子。那麼一來，我將再也無法把佳也子趕出弘樹心中。唯有在佳也子身上烙上殺人兇手的烙印，才能讓弘樹忘了她。」

接著，秋穗自嘲地輕聲說：

「可是，事情變成這樣已經沒救了，要被趕出弘樹心中的人是我……」

✦

隔天，一月五日早晨，在這偏遠小鎮的車站候車室內，佳也子坐在長椅上，等待列車進站。腿上放著手提包，身旁坐著向井刑警。

周遭不停地下著雪。陰鬱的鉛灰色天空湧出無數白色雪片，將四周景色全部染成清一色的白。

昨晚，秋穗在向井面前招認罪行，當場遭到逮捕。看也不看佳也子一眼，好友就這樣被帶走了。佳也子懷著麻木的心情，眼睜睜看她離開。

之後，佳也子在警方安排的旅館住了一夜，今天早上搭乘向井駕駛的警車來到這個車站。

向井扭扭捏捏地為昨天帶佳也子到警署問訊的事道歉。頂著花白頭髮深深低頭的模樣有種說不出的滑稽感，稍稍減緩佳也子內心的痛楚。

雖然佳也子說只要送自己到車站就好，向井卻堅持要送她上車，手足無措地在佳也子身旁坐下。

「對了，密室蒐集家先生回去了嗎？」

佳也子忽然好奇地問。

「好像是回去了吧……」

向井回答的語氣有些不乾不脆。

「好像回去了？什麼意思？」

「說來也很不可思議，昨晚，在偵訊室逮捕三澤秋穗時，他明明還在場。沒想到，一轉眼就不見人影了。我也問了其他刑警，誰都沒看見他何時消失。身為刑警的我說這種話可能會被取笑，但真的就像憑空消失一般。」

「就像憑空消失……」

「這也是關於密室蒐集家的傳聞之一，據說只要事件一解決，稍微不注意時，他人就不見了。跟這次的情形一樣。」

向井望著不斷飄落的雪，繼續這麼說：

「不知道他究竟是何方神聖。沒有人知道他的身世背景，也不知道為什麼他在警界內有那麼強大的靠山。只知道事件發生時，他總會從某處現身，事件解決之後又如一陣輕煙般消失。簡直就像……」

說到這裡，向井把話吞了回去。佳也子大概想像得到他吞回去的話是什麼。向井一定是認為追求現實的刑警不應該說那樣的話，所以才沒說出口。

雪下得愈來愈大。無數雪片從天湧現，降落白色大地。就像無數的精靈。

那個人或許是專門解決密室事件的精靈——佳也子不經意地這麼想。

春日
ハルヒブンコ
文庫

132

# 密室蒐集家

密室蒐集家

密室蒐集家/大山誠一郎作；邱香凝譯. -- 初版. -- 臺北市：
春天出版國際文化有限公司, 2023.09
面； 公分. -- (春日文庫；132)
譯自：密室蒐集家
ISBN 978-957-741-735-0(平裝)

861.57 112013238


ISBN 978-957-741-735-0
Printed in Taiwan



作　　者　大山誠一郎
譯　　者　邱香凝
總 編 輯　莊宜勳
主　　編　鍾靈

出 版 者　春天出版國際文化有限公司
地　　址　台北市大安區忠孝東路4段303號4樓之1
電　　話　02-7733-4070
傳　　真　02-7733-4069
E－mail　bookspring@bookspring.com.tw
網　　址　http://www.bookspring.com.tw
部 落 格　http://blog.pixnet.net/bookspring
郵政帳號　19705538
戶　　名　春天出版國際文化有限公司
法律顧問　蕭顯忠律師事務所
出版日期　二〇二三年九月初版

定　　價　350元

總 經 銷　楨德圖書事業有限公司
地　　址　新北市新店區中興路二段196號8樓
電　　話　02-8919-3186
傳　　真　02-8914-5524
香港總代理　一代匯集
地　　址　九龍旺角塘尾道64號 龍駒企業大廈10 B&D室
電　　話　852-2783-8102
傳　　真　852-2396-0050